SHENG YU

生于寅卯

YIN MAO

杨蕾◎著

她回顾并审判了自己的过往
试图更深入地了解自己
以求证自己真实存在的可能性

中国出版集团
中译出版社

图书在版编目（CIP）数据

生于寅卯 / 杨蕾著. -- 北京 : 中译出版社, 2025.
1. -- ISBN 978-7-5001-8112-5
Ⅰ. I247.5
中国国家版本馆CIP数据核字第2024KA2738号

生于寅卯

SHENG YU YINMAO

出版发行：中译出版社
地　　址：北京市西城区新街口外大街28号普天德胜大厦主楼4层
电　　话：010-68002876
邮　　编：100088
电子邮箱：book@ctph.com.cn
网　　址：www.ctph.com.cn

作　　者：杨　蕾
责任编辑：张　旭
特约编辑：臧亚男

印　　厂：河北文盛印刷有限公司
规　　格：880毫米×1230毫米　1/32
印　　张：7.5
字　　数：108千字
版　　次：2025年1月第1版
印　　次：2025年1月第1次

ISBN 978-7-5001-8112-5　　　　　　定价：58.00元

图书若有质量问题，请拨打以下电话进行调换。
电话：010-59625116

谨以此书献给爱、智慧和想象力

love

　　舞台上正在演出根据战国时期楚国诗人屈原的《九歌·山鬼》[①]改编的舞台剧，只见一位多情的女子孤身伫立山巅，等待她的心上人山鬼，而对方却迟迟未现身。舞台中央的高地上，女子面向忽明忽暗的远方，一脸幽怨。

　　女子："采三秀兮于山间，石磊磊兮葛蔓蔓。怨公子兮怅忘归，君思我兮不得闲。山中人兮芳杜若，饮石泉兮荫松柏。君思我兮然疑作。雷填填兮雨冥冥，猨啾啾兮狖夜鸣。风飒飒兮木萧萧，思公子兮徒离忧……"

　　流离鸟："规规[②]，规规，风皱雨冥催人走，怨卷忧愁把人留，规规——"

　　灵钟神女[③]："阳雪不化，阴雨不晴，风结素籽，灵转山塔，空空回也，回也空空，空空——"

---

① 山鬼，《楚辞·九歌》中的女子，其中描写山鬼身披薜荔，腰束松萝的装扮，意在引得与其相似的山鬼神灵前来相会。

② 规规：形容鸟鸣声。

③ 灵钟神女：代指万物造化之神。

在女子沉湎于对山鬼的朝思暮想中时，山鬼却耽于对生世天地的追问。他求助于灵钟神女，以爱为媒，以灵体入身，探生死始终，求美与永恒，寻回归之路。

山鬼："赤豹女罗，辛夷桂车，睇秀山间，善芳石磊。①女子自贵于天地间，吾独怆怆而自问；女子赤绸软眸，吾不善而浑沌；飨女子闲石林间？吾气不省，重霄临下，神与物游。

天问：②

遂古之初，谁传道之？

上下未形，何由考之？

冥昭瞢暗，谁能极之？

冯翼惟象，何以识之？

明明暗暗，惟时何为？

阴阳三合，何本何化？

…………

天何所沓？十二焉分？

日月安属？列星安陈？

_____

① 睇秀、善芳：形容外貌气质突出。

② 此处系列问句摘自战国时期屈原诗作《天问》。《天问》是表达作者对某些传统观念的大胆怀疑，以及追求真理的探索精神，被誉为"千古万古至奇之作"。

············

惑众难解，何以求之？求之不得，尸职不守。安得夫良药，其命是从，击山摇柄，环理天下，薄暮雷电，忧何所？”

生不为所始，死不为所终。从人性到神性，山鬼上下求索，其路漫漫。神女见状，以一二示之，以助他存、立、行。

灵钟神女："山子，其心忧绝，其问慈营^①，一愿尽发，风搅云涌，屡次发愿，曜灵安藏。今可随缥女子下山，求诸珠理，历行万物，驭一念六道轮回^②，累食同类，见诸能量之显体，遇实破实，虚己善爱。"说着，灵钟神女把一朵发光的花骨朵送给山鬼，"爱为光之花，汝蔚之，开之，以求圆满。"山鬼接过花插进心瓶，接着，灵钟神女变成一条火蛇，逶迤张望："吾将以蛇制腹能于你，随召吾唤，钝你头脑分别利剑、辨识之恶，救你于六识之苦，于七层动欲中如如不动。"

山鬼整理心意，接纳火蛇进入身体中，霎时，一些

———————————

① 慈营：慈，仁爱、和善；营，围绕、环绕。此处指充满仁爱的发问。

② 六道轮回：佛教用语。此处仅指因人心的善恶转念而轮转于六道之中。

凡人的面孔（柳念青、施南星、柳孝原、丛宇珀、潘时友、柳静笃等）交替出现在山鬼身上，发出六边形紫金色的光芒。远山林径，山鬼进入接敛女子下山的轿座，随之离去。流离鸟飞过，不见了双腿，"归去，归去，人鬼何所异？你不是你，你制造你，时常点一盏油灯，把心声燃烧，唤起深凹的昆达里尼①，由他来引导——规规——规规——生命之火啊，由此燃烧——"

　　寅卯月升，随着流离鸟飞过，大火烧掉了整片森林，留下黑色的灰烬在裸露的地表。

---

① 昆达里尼：梵文词汇（कुण्डलिनी），原义为卷曲的意思，是人体灵性的重要部分。

目　录

第一章

绿纹危机

　　"你能听见针掉到地面砰砰撞击的声音吗？

　　砰砰砰——

　　你能感受到水柱砸在毛孔上的破碎声吗？"

　　一个中年模样的女人自言自语，眼神时而迷离，时而四处躲藏。

　　"你的眼睛被水喷溅，头发胡乱裹住脸，水珠从面颊、嘴上、脖子的痣上，向下流入旋涡。你的胸骨突动，有开裂声，起初只是一条缝，慢慢、慢慢地，它张开了黑色的、无垠的口……"

　　女人瞳孔睁得很大，仿佛坠入某种深渊，瞳孔收缩时又回到了现实。

　　"这个夜毫无异样！旁边是你已熟睡的幼儿，隔壁鼾声如雷。黑夜里，你习惯性地播放《哥德堡变奏曲》①，平躺、闭眼、嘴角上扬。略微弯曲的发丝温柔地轻抚你的面庞，那黑色的、闪耀着银河光芒的裂口，开始慢慢闭合，消失于均匀平滑的肌肤里，像水流入了河中。"

夜很静，星星已经收敛了光芒，平日惨叫的猫也酣然入睡。

---

① 《哥德堡变奏曲》：约翰·塞巴斯蒂安·巴赫晚期的一部键盘作品，1741 年出版，被视为巴赫作品中最重要的变奏曲之一。

1

又是一个与往常无异的清晨，阳光以最温柔的姿态洒进她的厨房，音箱传来巴赫的《平均律钢琴曲》。书柜上，奖杯在白墙上折射出斑斓的光，一家三口的照片摆放其中。孩子的梯田画也摆在那儿，血红的颜料被波浪状的金色分割开来。书柜里放满唱片和音乐专辑，一张印有六翼撒拉弗[1]、写着"酬宾集"的唱片，被抽出来平放，专辑 B 面第六首歌是《生于寅卯》。

她神情放松，把将熟的牛油果加入生三文鱼片捣碎，撒上盐、胡椒碎，并倒入酱油、柠檬汁，然后厚厚地抹在全麦面包上。倒满一大杯全脂牛奶，撒一把谷物脆，就着跳跃的晨光，将面包一大口塞进喉咙里。

有几次，她感觉快要噎死了，手本能地抓住了杯子，牛奶因晃动四溅，她快速拿起来，把牛奶全部倒进了旁边的垃圾桶。不得不承认，在某种程度上，她已经爱上了这种窒息感。

如果有一个交心的朋友，她会问，怎样能把 Pretzels

---

[1]　撒拉弗（Seraph），又名六翼天使，源自希伯来文，是所有九阶天使中的最高位，被称为"爱和想象力的精灵"。

（一种椒盐脆饼干）在包装桶里摆放整齐？她可能还会问，为什么她的另一半会发出一种让人难以忍受的怪叫来引人注意？她不会停止心中的疑问，为什么会有人在沙发上抖腿、抠脚、抓后臀？然后毫不矫饰地用鼻子闻，有时候也会给旁边的人闻，发出咯咯咯乐天又骄傲的笑声，并在一定程度上，成了他赖以生存的乐趣，到底是为什么？她长久地、不易觉察地盯着他狂笑时滑动的喉结，衬衫上散发出一股刺鼻的福尔马林味，让她不清醒。

针刺到她，从指尖滑落到地面，发出噼噼拉拉的撞击声——她望着手上汩汩冒出的血，呼吸急促，瞳孔睁得很大……

如果将一天看作一曲乐章，早上对于她，已是高潮。如果有时间吃一顿难忘的早餐，她会眼角湿润。如果没有时间，她的一天会不断地重复和累积上一个没有高潮的一天，坐地铁去上班，像一块指示牌，悄无声息、直挺挺地站着。

地铁是藏在地下洞穴的钢虫，发出沉闷又不屈服的轰隆声。这种声音异常刺耳，经常呈螺旋状不对称性曲线上升波动，它有一双能摄人魂魄的眼睛和胃口，吞吐人头攒动，释放"躯壳骸骨"。她身体僵直地走出地铁，指示牌变得弯曲、下垂。

接近三年的时间里，她不记得在这条路上来回穿梭过多少次。有时候她脸上有谜一样的笑容；有时候她双眼呆滞；有时候她眼里满是疯狂，朝着夕阳不停地开车。她的眼睛被余晖染成红色，只有遇到遮挡物时，才短暂地恢复一片漆黑。她不作声，也不眨眼。

车拐进一个人车混行的胡同，她颇有经验地找到一个墙角停放。还差一刻钟到六点钟，她静静地看着指针，打开车载音响，儿歌从中段播放，她慌乱地切歌，像覆盖隐疾一样急切。

她打开了陈旧的歌单，音箱传来 Pixies（美国另类摇滚乐队）的 *Where Is My Mind* [①]。这个序曲立刻让她触摸到了旧时的混沌。

在这个安全的空间里，从她的表情不难察觉，这首歌一冲出来，就拿着匕首把她从脑到心穿插了几遍；第二首是 Pink Floyd（英国摇滚乐队）的 *Comfortably Numb*

[①] 是 Pixies 演唱的歌曲，收录于专辑 Surfer Rosa（Remastered）。其中最著名的三个问句译文为：我的理智去哪了？曾经的自我意识呢？我过去的思想呢？

（译：惬意的麻木），她因某种克制而浑身打战，她头往后仰，双眼因为眼皮的跳动无法闭拢，脸上不时闪过不可控制的抽动。

刚开始，这种抽动是由某种情绪单线引发，后面因为控制反而失控。除了脸部，她浑身都开始不自觉地颤抖。此刻，除了身体与音律不符的晃动，她的大脑十分清醒。她用震颤的视线看了一眼时间，手伸进口袋摸出了一瓶药，在抖落的药片里捡起两颗塞进嘴里，片刻后，她从抖动中恢复平静，冲背后的渊涡露出了狡黠的笑容。

借助后视镜，她整理妆发，微笑，下车，拿着旱冰鞋走向幼儿园。她的小腿很纤细，裙摆在她走路的时候左右晃动。

"妈妈，快点！"

她开车，女儿边看动画片边用头摩挲她的后背，她把女儿的头摁回去。

女儿："妈妈，我爱你。抱抱——"

她："我开车怎么抱你？"

女儿："妈妈，我们永远在一起好吗？"

她嘴角动了一下："照顾你一辈子？"

女儿："对啊，就像莉莉公主的帕拉保姆①，能照顾她，会变魔法，还能帮她找到丢失的魔杖。"

女儿："妈妈，你笑一下，像我这样。"

说着，女儿用稚嫩的小手拉开两个嘴角，眼睛眯成一条缝，像一个相信童话的小丑。

女儿："唉，不会笑的妈妈。"

2

"嗷喔！嗷喔！"

在开门声和进门动作都没有引起应有的重视后，他发出了两声高亢的怪叫。是的，这种怪异的引人关注的方式来自他的家族传统。他的父亲会使用，她的母亲很擅长，在他这儿得到传承，并在他压抑的生存环境中迸发。当她第一次听到这种与人打招呼的方式，她就断定这是驯兽师口中的那个哨。海豚跟随哨声转身、摆尾、跳出直径三米的弧线，会被观赏、鼓励，还有最爱的鲭

———————

① 来自英国的儿童动画系列片《班班和莉莉的小王国》。

鱼或多春鱼。

　　她感觉又一次被冒犯，明明洗好的碗上仍然有污点，她把碗又推进了水池。

　　"还有肉吗？"

　　"有，我解冻了排骨，蒸了米饭，把蔬菜给你洗好了。"

　　"你又没洗碗？"

　　"把牛肉和羊肉，还有一点儿腌制的秋刀鱼都拿出来吧，把烤盘找出来，你放哪儿去了？"

　　他一边下着指令，一边筹备一场盛宴。

　　做饭，几乎是他最狂热的一件事。日复一日，三餐饱食，却让他变成了一个可怜人儿。不足一米七的身高，腰腹鼓起、胸毛横行、脂溢性脱发。后背因马拉色拉菌聚集而角质粗粝，张嘴便会露出两颗来自孩童时期的银牙。这一切并未让他意识到整件事的严重性，反而被他从某个世俗的角度夺回了一些成就感。他爱吃，对自己的食欲忠实。在很长的一段时间里，他一直用家乡美食喂养她，也重塑着她肠胃的菌群。而这些菌群就是他的秘密武器，他谨慎地长久地保守着这个秘密，就像他的母亲对他做的一样。所以，当她放慢吃东西的动作，他就会加快速度，夹没人会拒绝的腊味放到她碗里，或者直接在她嘴边等待。其实他已经收敛了很多，在她拒绝称赞他一直期待的那句"好吃，好吃"之后。

逐权，他毕生激情所在，或许这颗种子从小学就生根了。在那个风景怡人的近山县城，有条夏日才活跃的绿带河，以及一座蚊香盘似的茶山。每逢月初，在山里隐居的人们会出来赶集。平日里，他们深居在大自然的保护色里，如野鬣般警惕。此刻，他们摇身一变，穿着奇异的服饰出来沾染世俗的气息。傍晚，他们聚集在生料米粉摊，喝酒、吃下水。如果你在翌日清晨看到街上横亘着几个"躺尸"，那基本是这类隐士参与现代生活的唯一证据。

比起族别，"县城的孩子"可能更代表他。在那个面积狭小的小镇上，密集而精确地分布着大大小小的政务机关。因地缘狭小，他们更像同小区的邻居，唯一的不同可能是到县政府大楼的物理距离有所差异。除此之外，各机构的大门不是对着婚丧店，就是挨着生料粉店。

有时候，行政人员会因政府广场上流动式儿童游乐设施的喧闹声，不得不在常年潮湿闷热的房间里关窗办公。当然，他们最在意的还是傍晚必下的那场雨。下雨的时候，外面是安静的，他们还可以开窗。于是每天一上班，大家见面第一句话就是交换天气信息，然后预测下午的那场雨。如果他们一天都很焦躁，连当季最新的白毫茶都喝不下，那肯定是因为天气阴晴不定。这时，他们都会打电话给气象站的吴站长，恳求他务必给一个阴晴的准信儿。而这个站长的儿子自然也成了他们小学的班长。他跟随这个站长的儿子，把在绿带子河里摸到的鱼送给他，顺便打听一下未来几天的天气。这位站长儿子，用鸡鸣般的声音，漫不经心地点拨大家，时不时挑眉瞟着人群里最白最哆的那个女生。

这个位于西南边陲的小镇，因为被群山包裹而显得非常安逸。如果你是无目的或带着善意的外来人，你会惊异于它的祥和。如果你一旦浸染了此地的气息，你就会惊讶于见到越来越多的金钱蛙。刚开始，你无视、闪躲，紧接着这些青蛙就会开口说话。

"你好啊，欢迎来我的天堂做客。"

女人停下脚步。

"你好啊，是我，是我在说话。"一只刚从绿带子河里钻出来，躺在太阳底下晒肚皮的金钱蛙说。

她转过身，手里的青菜掉在了地上。这只青蛙看到地上的青菜，抿了抿嘴："今天我赶早去集市吃了第一口新鲜的绿皮大白菜、豌豆，还有几颗助消化的黄皮果，现在肚子胀极了。其实我不应该这么贪吃，但是一想到能吃到最新鲜的蔬菜水果，而且规定一天只吃两餐，我就立刻行动了起来。"

"现在阳光正好，我可以来个饭后午休。"说着，青蛙略显烦躁地赶走一只附近的果蝇。

"你要知道这些蝇虫有多扰人，它们除了去烦在河边被宰的鸡，也没什么乐趣了。"青蛙半眯着双眼，开始看远处的五指山，"看到那边的山了吗？多美啊。那应该就是天堂的尽头了吧。冬天的时候，我曾经听飞过的虎斑鸠说，山那边很危险，没有森林，基本上是一片灰色的荒漠。所以我从没想过到山的那边去。而且在山上环行和海拔升高都会让我呕吐，只有在这充满酸笋味和腊味的空气里才会让我感到沉醉。"说着，它朝另一只路过的青蛙点头示意。

"对了，你是从山那边来的吗？怎么样，是不是想在这里定居？你看这里的楼房，每家都在五层以上，如果隔壁高过你，你可以继续加层。这一点绝不能认输。"

"你大概也品尝过这里美味新鲜的猪血、白斩鸡和腊肉了吧，这几种可以说是我一生最爱的食物了。我每年在杀年猪的时候会吃到。当然，你可能认为我是一个素食主义者，我也认可素食给我带来的愉悦心情，但我本质上是嗜血的，就像蝙蝠一样。凡是血腥、腐臭之味，于我都是一种致命诱惑。虽然这个话我不怎么说，但是我的基因就是这么决定的。在这一点上，我同这里的人没什么区别。"

说完，这只金钱蛙用舌头舔舐身上的花纹，三条歪歪扭扭的金色背纹像拳王的三条金腰带。

"你不用去捕食吗？"她问。

"我差不多是这里的佼佼者，因为我擅长填饱肚子。我有很多吃到食物的途径，比如我为了储备过冬的食物，会把橄榄先短期让渡给别人。很多人不理解，但我会找到值得信赖的人，做成一种仪式感的行为。这在有一年寒冬危机的时候，几乎救了我的命。我意识到，必须有更多人加入其中，才能一次得到更多的橄榄。当这个仪式流行起来后，几乎可以说拯救了我们山底下所有的青蛙。这也就是为什么我可以每天坐在这里悠闲地晒太阳，和其他青蛙一样。"金钱蛙朝远处的人影看了一眼，起身准备跳进充斥着鸡毛的绿带子河里。

"再见，新朋友，希望我们的关系更紧密一点儿，就像跟这里的其他人一样。不过我必须假装不认识这里的有些人，虽然他们早已是我的同类。"说着，金钱蛙一个猛子消失在河里。

顺着金钱蛙指引的方向，走来一个人影，她对着手机画面中的男子，发出一阵蛙叫。

这是他每周不得不面对的一个时刻，就是来自母亲的视频问候。

有时候，为了逃避这份恐惧，他会主动打电话过去，热切地聊起家乡屋顶菜园青菜的长势、鸡笼里喂了多少只待宰的母鸡、家里哪个老者生病或去世、即将毕业的侄辈对未来有何规划、老家的祖坟何时修葺结束、墓碑上女儿的名字多写了一个笔画等，当然这些话题是他们家族亘古不变的，最重要的还是聆听。聆听一个母亲如何在白发苍苍的年纪充满活力，但身体的隐疾不断给她设置归期。这让一个张扬的女性十分沮丧，但不足以使她谦卑。

　　于是她开始创造美食。把屋顶带泥的青菜、灶前熏黑的腊味、光滑肢解的小鸡、带皮连叶的小黄姜、需要泡发八小时研磨二小时煮沸一小时才能吃到的干火麻仁全部打包成一个包裹投递到千里之外的北方。当儿子打开这充满私人情感的纸箱时，连捆绑在僵直鸡腿上的小红绳都不舍得丢弃。

　　为了对抗死亡带来的平等，她重金购买了从医院淘汰的电磁治疗仪，把一本厚厚的治疗原理刊物扔在老头面前。过段时间，她又开始迷恋化妆和半永久美容。你看！这次视频的时候，她那猩红的嘴唇，因自然和人工双重干扰而迷失的鬓发，僵硬如伊朗高原中部表面一片易碎的、厚厚的盐壳覆盖在粘稠的泥浆表层之上的卡维尔盐漠的粉底妆容，处处散发着寸草不生、暗夜将至的绝望。

　　没说两句，她开始毫无征兆地哭泣："我们都老了，你爸的脚又开始肿了，一阴天就出不了门。"

　　他把女儿要展示的绘画作品藏在身后。"爸爸，给我，我要给爷爷奶奶看。"

　　"我的左手手指总是发麻，僵硬。"说着，举起她肿大的手指关节。

　　他接受且不回避地默声。"亲爱的宝贝，要给奶奶看什么？我看看。"小女孩把一幅五颜六色的画杵向镜头。

　　"一棵树，还有两把青菜？"衰老让她失去智慧的光芒，即使眼睛一直在寻找阳光。

　　"不是，这中间是一棵像天一样高的大树，下面有两个小女孩是好朋友，还有蝴蝶和爱心飞鱼。"小女孩表达着心中的美好。

　　"这两个是谁？这不是一个小天使和一个小恶魔吗？她们是好朋友？"他给气氛的转变递了一把柴。

　　"对啊，她们是好朋友。"小女孩说，"这是我今天送给妈妈的一幅画，妈妈！"

"怎么不送给我？你每次都在中间画一棵大树，下次把我也画进去，好不好？"他努力维持的这团"火焰"，在女儿转身去找妈妈后，瞬间熄灭了。

"你表哥的儿子都一岁了，刚去给小仔过了生日，长得可机灵了。孙女回来后可以跟他玩儿，乖乖儿！想不想要个小弟弟？"

"妈妈呢？妈妈在哪儿呢？"

这种搜寻带来的压迫让她感到眩晕，好像看到了刚才那只张嘴的金钱蛙。像美国电影大师希区柯克每每提醒观众，房间桌子下埋着一颗定时炸弹，爆炸之前，你做什么都是躲避。所以一分钟前，柳念青拿起要扔的垃圾，轻轻推门而出，不带钥匙。

3

她选择步行，每下一个台阶，声感灯随之明灭。楼道转角扶手上经常出现烟灰杯、带卡通图案的洗漱杯、撕掉标签的速溶咖啡罐，甚至半个柚子壳。清洁工会定期把楼道扶手上的东西清理掉——连同人们留在这儿的心事一起。

电梯里，她经常会碰到一个低一层的邻居。这位邻居绝不是因为他冷漠的表情让人记住，相反，他格格不入——甚至与这个时代相悖。他永远一身二十世纪八十年代流行的装束，头戴遮阳帽，斜挎旧绿帆布包，在一天中人最少的三个时间段下楼。在下电梯的过程中，他时不时低声细语，大部分时间又煎熬在界限分明的沉默中。下楼后他拐进垃圾桶旁的墙角抽烟，来回踱步。他表情是平和甚至愉悦的，他应该有个一直陪伴他的好朋友。

走两步，她常碰到一个来自北方的老人。她记得他。他们曾经因为孩子一起玩儿而简单交谈过。老人有七十几岁，身板直挺、面色蜡黄，因被生存意志不断追逐而想法单纯。他有一个在国企上班的儿子和一个能干的儿媳。在老伴带完大孙子之后，他也彻底搬来拉扯小孙女。他们并没有跟儿子一家一起住，而是住在儿媳给他们租的同小区的顶层。此刻，他很像老居民，在小区不同区域的可回收垃圾桶里捡拾晚年时光。他已经不记得她了，他的眼里容不下多余的事和人。

出大门后,她摸了摸口袋,那两枚硬币还在,她舒了口气。她已经忘记是什么时候,这两枚硬币来到了她的口袋里。

早起,新闻里播报感染奥密克戎病毒的病人的转移情况。她给女儿刷牙、洗脸,女儿一脸不悦。她给女儿仔细地梳头,试图把每根黝黑的柴拾起、点燃。她给女儿编了两个十分对称的麻花辫,女儿满意地照镜顾盼。她又有些不安,把其中一个麻花辫解开重新编。

"妈妈,为什么给我解开?你这次编的不对称,还没有刚才对称。"

"为什么要对称?你又不是机器人。"

"我是机器人,我要对称!"女儿嚷着,像说出了没有信服力的真相一般。她感到一阵撕裂般的疼痛,仿佛人类进化最高成就奖的王冠要从头上掉下,或者直接变成一段失效的代码凭空消失。

她们从公交车上下来。比起下一站,她更愿意这站下,这段人车分流的直行路两旁是生物科研所和儿童成长发展中心,路旁种着雪松和法国梧桐,这让十五分钟的行程像巧克力一样丝滑。

　　"妈妈，我昨晚做了一个恐怖的梦，我不敢说。"女儿牵紧她的手。

　　"有我在，你说。"她语气坚定。

　　"我梦见我进了鬼屋……"

　　"然后呢？"

　　"我一直在喊妈妈。"不安的梦让她欲言又止。

　　"你很害怕是吗？我告诉你，女儿，其实鬼一点儿也不可怕。相反，鬼怕你，说不定你们还能做好朋友。"女儿一脸不解。

　　妈妈："我告诉你一个方法，你就不怕鬼了。"

　　女儿："什么方法？"

　　妈妈："当鬼向你冲来的时候，你就抱住他。"她接着说，"他只是想跟你拥抱，做好朋友。你误会他了。"

　　女儿："哦！是这样啊！可是他长得真的很可怕。"

　　妈妈："长得可怕并不一定就是坏蛋哦，说不定他只是一个长得调皮、爱捉弄人的小天使。"

　　女儿："可是他并没有长翅膀啊。"

　　妈妈："长了，是隐形的，像你一样。"她说完，女儿兴奋地手舞足蹈起来。她拉着女儿过马路，同行的一对父子，也去往幼儿园的方向。

"儿子，你看这叫斑马线，当对面交通指示灯变绿的时候，我们就可以过马路，沿着斑马线过马路很安全。"父亲边讲边牵着儿子的手过马路。

女儿也被对方的声音吸引，侧耳倾听。

妈妈："女儿，你知道过马路最安全的方式是什么吗？"她问道。

"走斑马线！"女儿几乎是抢答。

"不对！是别废话，赶紧地过！"外卖车近似跳跃地压着黄灯的长尾穿行而过，转眼红灯亮起。

这是一个藏于窄巷的普惠性幼儿园。

因为背靠实力雄厚的房地产企业而受人瞩目。而实际上，幼儿园百分之九十的学生都来自周边经济型小区。这群孩子的家长一般都是新北都人，他们通过应试教育体制实现区域阶层的跨越，分布在各高校、政府机关或企业。

等到放学时间，你会发现家长队伍中大部分都是老人，他们用各自的方言毫无障碍地交流幼儿的趣事。

队首的几位老人更是相熟，他们从午后就朝幼儿园的方向靠近，这会儿几个人甚至用当地话交谈起来。队伍从中段开始会有一些全职家长，他们要么低头盯鞋，要么像亲人一样话家常。队尾零散，不时续上一些挎着托特包的职场人。这条按照发色由银白到黑红排列的队伍，唯独不见她的踪影。

比起在人群里，她更习惯靠在不远处的国槐上。如果等的时间久，她身上会落满蚜虫分泌的蜜露。

孩子们按照吃饭速度的快慢排成一条长队，由班主任牵着第一名孩子的手，缓慢地走出校门。

排在第二名的女儿，像刚出生似的，脸色发紫。不久之后，她肯定又会因为最后一个被接而闷闷不乐。

可能他们到现在也不明白，为什么自己排在前面却不能最先走，尤其是第一名，其次是女儿。

第一个被接走的孩子是缓慢地从队尾出来的，表情厌世。大家目送他走向门口老管家给他安置好的婴儿车。

第二个孩子是个长相扁平的高个女孩，梳着精致的公主马尾，因头发稀少，蝴蝶结歪向一边。她声音连续、高亢，说话的时候像嘴里掉出玻璃碴，在地上发出噼里啪啦的碎裂声。女孩的父母一起来接她，她用话编成一条密集的绳索，牵着父母离开。

第三个孩子脸上的婴儿肉一直在长，试图窥探脖子。

第四个孩子戴着发白的面具，老师认为他是班上最聪明的。

第五个是一个看上去一脸懵懂的女孩，喜欢说"哼！我不跟你玩儿了"。

第六个是班上几年都不长个儿的男生。

之后是一群孩子，他们已经通过耳语、眼色、表情、手指，做好了冲刺的准备。女儿也在不断地等待中眼神坚定，冲刺前，下蹲把鞋带系好。

回家路上，女儿迷惑地望着车前方说："妈妈，我想切掉我的大拇指。"

"为什么？"

"我不喜欢它，太丑了。"女儿甚至都不看一眼大拇指。

"既然你不想看到它，那好吧，那就切掉吧。"她把自己的大拇指像变魔术一样"拔掉"了。

"对不起了，大拇指，再见吧。不过，我得提前跟你商量好。下次，你如果做得很棒，我想表扬你的时候，可就不能给你竖大拇指了，只能竖个小拇指或者中指，就像这样。"她吃力地竖起除了大拇指外的其他手指，女儿被逗得哈哈大笑。

"这时候，其他手指可是有意见了。食指说我可不是用来表扬人的，恰恰相反；中指说，我不仅不表扬人，我还挑衅人；无名指说，我直通心脏，我经常劝诫结婚的人，那是个小紧箍咒；小拇指说，我不是小拇指，我旁边还有一个小小指……"女儿已经笑得前仰后合，给妈妈竖起了大拇指。

"啊哈——"她把女儿的大拇指也"拔掉"，只剩下一个光秃秃的指坑。

"你这小鬼是什么意思？是在讽刺我吗？！"她声音变粗，神情激动，像老板对下级那样说话。

"妈妈，你终于笑了。明天你能来参加我们学校的交流会吗？"

第二天。从学校大铁门开始，沿路挂着各国国旗，指引家长进入园区。

第一个节目是舞台剧《这里没有国界，只有地球》。报幕员是一对母子，母亲因底妆不服帖而面色惨白，蹲着与儿子齐高，弯曲的下肢因为肉感的胁迫而重心不稳。

主持人儿子一脸严肃，吐字清晰而匀速。母亲从旁望着，俨然一个仰慕者。

节目开始，一个金发蓝眼的小朋友穿着字母图案的上衣朗诵着，眼睛里发出幽幽的光。

"If he sees the light of truth, can you see it? It shone on his every inch of skin, flow along the red chain of thorns between his walk, and surrounding his high flat forehead. Step on him! Blood bleeding will light up your happiness now, and he would be judged, for freedom, to death for exchange. Ho, my brothers and sisters, the sacred door is normally narrow, while your body looked plump and awkward…"

"你能看到真理之光吗？闪耀在他的每寸肌肤上，流淌在他步履荆棘的红锁链上，环绕在他高耸平坦的额头上。踩着他过去吧，他流的每一滴血都会映射你幸福的当下，他用审判之躯换取你的自由，噢，我的兄弟姐妹，那神圣的门很窄，而你的身体太过臃肿……"

远处天空掠过一群飞鸽。

在被朗诵者短暂的吸引后，在座的小朋友开始发出窸窸窣窣的耳语声。紧接着，第二个瘦小、拥有浪漫而卷曲刘海儿的小男生用法语开始了他的朗诵：

"Je vois votre lueur, mais ce n'est que la lumière réfléchie de la raison humaine. Juste la lumière du soleil sur la lune. C'est la raison humaine qui ouvre les tunnels sombres de la science et qui ramasse la vérité. C'est lui qui a construit le monde de la précision et qui détient le cours de la voile de la vie. La lumière qui brille sur tout son corps. Ho, mon ami..."

"我看到了你发出的微光，但那只是人类理性的反射之光。恰如太阳对月亮的照亮。是人之理性开凿着科学的幽深隧洞，捡拾着真理的珠贝①。她才是精密世界的缔造者，掌握着人生之帆的航向。那闪耀的光，遍布她

① 形容真理像宝藏一般被发现。后面的"她"亦指真理。

的全身。噢，我的朋友……"

　　朗诵的声音渐渐掉进因文化迥异而裂开的沟壑里，又因为出现一位熟悉的小伙伴，而爬升起来。

　　"黑夜给了我黑色的眼睛，我会用它来寻找光明。在我充满泥土芬芳的鞋子上，在我穿越层峦叠嶂的迷雾中，在我向上攀登和向下俯视的目光中，在五光十色的霓虹中，在被铸造的自由里，我相信我的眼、耳、鼻、舌、身、意，我最忠诚的伙伴所告诉我的一切。"

　　第一个节目在一片严肃又包容的氛围烘托中走向结束。当最后一个节目到来时，她已经看了十二次表。女儿走上台，开始用一种天生的状态演唱《人间》：

　　…………

　　天上人间

　　如果真值得歌颂

　　也是因为有你

　　才变得闹哄哄

　　世界比你想象中朦胧

我不忍心再欺哄

但愿你听得懂

…………

"你刚才唱歌的时候为什么总是低头？"两人坐在幼儿园的旋转木马上。

"我右脚的蝴蝶结鞋带歪了，我想……"女儿用小脚划着空气，希望自己的小马可以跑得快一些。

"可是你正在唱歌……那你最后为什么没唱完？"

"妈妈，是你的错。你总是走神，看窗外。我希望你能上来抱抱我。"女儿皱起眉头望着她。

"你正在表演，妈妈是不能随便上舞台的。妈妈并不是你表演的一部分。"

"你只给其他小朋友鼓掌，对着他们笑……"女儿打断了她的话。

"女儿，妈妈并没有，但是妈妈也不能只给你鼓掌，因为——"

"妈妈，你快点蹬一下，让我的小马跑得最快，我是第一名！"

她静止不动，叹了口气。

"妈妈，你不爱我了吗？"女儿突如其来的疑问让她哭笑不得。

"妈妈，使劲啊，快点蹬——"

那天，木马转得很快，她头很晕，女儿笑得很大声。

4

上班路上，她在地铁上看《潜在的大流行病》，默念着其中一段："有感染性的微生物都有一个令人不快的特性，就是其基因和结构容易发生突变。不同的菌株也可以在身体中互相作用，共享基因。这意味着免疫系统不能识别出某种新型菌株即以前的入侵者，传染病因此得以生存……"

地铁进站，移动电视上播放着机器人 T-800[①] 追杀人类康纳母亲的片段。她的同事田峤正好上来，看到柳念

---

① 机器人 T-800 是科幻电影《终结者》系列中由阿诺德·施瓦辛格饰演的半机械人。

青，问道："你在看什么？艾滋病？"

"小点儿声！"她观察着周围。

"流行病是一种传播速度像野火一样的现代版瘟疫，根本没人知道它从哪儿起源。"她靠近田峤耳朵小声嘟囔，"这是一种碎纸行动！"

"什么？"

"没打印好的（人）是不是要碎掉？"

念青的眼睛睁得异常大，一眨不眨地盯着田峤，几乎要流出眼泪。田峤大笑。

地铁到站，轨道对面有一个有关三维打印的大广告牌——一个白色大理石大卫雕像，手中握着一只青蛙的腿，旁边写着：一切皆可打印。

田峤善谈、有趣、不修边幅。她穿衣如赌石，金黄发色沿头顶的中分线渐次褪去。每当她吸电子烟时，前朝旧历就自动拨开环绕在她颧梁上的云雾，从口中奔涌而出。

"我奶奶说，我们家是清朝镶红旗，那三旗都统衙门就在石驸马街137号，现在叫新文化街。我奶她们就在新文化街一小上的学……"

"要是搁清朝，咱也是个格格。对了，那个光绪帝的宠妃珍妃就是咱镶红旗人。"

说完，她替她的奶奶和后代们深深地吸了一口烟，又叹气似的吐了出来。

她相信田峤的话，这一点从她走路时背手弓腰的样子可以看出，像极了一位被侍从追随的贵胄。

清一色浅橡木纹的会议间此刻像刚打开的一颗巧克力，承载着大家丝滑而短暂的午餐时光。当这类气息毫无防备地滑向狂欢，会打开某些人警惕的开关。

田峤并不打算加入这场盛会，她看了看表，目送主任佳仁打开了那扇沸腾而跳动的门。她只是开了一个不大的门缝，会议间就像极了一个倍速泄气的气球。

"怎么不开灯？看得见吗？"佳仁游移地环视，按下手边墙壁上的开关。然后转身，看到田峤。

"你怎么不进去一起吃午饭？"还没等田峤回答，佳仁便打断了对方要开口的回应，"通知大家开会！"

田峤麻溜地跑进会议间跟大家宣布开会，念青怼了一下田峤的肩头："你这是兼职主任办公室秘书了？"

"昂，指哪儿打哪儿！那什么，你那边运营经理的职位我再考虑考虑……"

"你怎么不上天？一会儿好好汇报。"

此刻，会议室像是一个居委会，每个街道的负责人带一名协管员穿插落座。佳仁坐在长桌中间对门的位置，从她到大家的物理距离因关系亲疏而依次改变。会议开始前两分钟，田峤拒绝了念青合椅的邀请。

"哪个部门先来汇报？"田峤眯起眼睛看贾总，准备咬钩。

"全惠，你来！"林拉了拉鱼线。

念青叹了口气，看到一个黑影翘着尾巴在对面楼上跳来跳去，不时还转头，狡黠地笑。她看了一眼田峤，她坐得离门更近了些，再转向窗外时，黑影不见了。

念青背着灰色大托特包，走出方格楼。楼下的吸烟区聚集了很多年轻人，树枝摇晃得比以往更厉害些，烟灰吹到年轻人的手背上，烧出一个个伤疤。大厦门口，一个快递员在扫健康码，抓了抓裤腰，露出一小截尾巴。

十月将至。风吹来，柳念青抓紧帽子，摸索身上可能有口袋的地方，然后径直走向吸烟区，捡起半根烟，抽起来。

又一阵风，她拽了拽上衣领口，遮好胸口那道暗淡的裂痕。她盯着手机，往事在烟雾里慢放：这，可以算一首歌吗？甚至歌名都在发出嘲弄声。相信眼见为实的人，只看歌名，就会判定整首歌的好坏。盛赞它的人，同样承受了他隐秘的嘲笑，如同罗丹那尊上帝都嘲笑的雕像。

咳，他太傲慢了！

终于，在歌名持续地忸怩作态、挤眉弄眼下，她放弃了。或许是烟草的作用，她的体态和眼神发生了变化。那是一种坍缩[1]导致的松散，眼睛发出吸积盘[2]似的幽光。糟糕！有人开始盯她了，连擦肩而过都不放过的那种审视。她也回盯其他人，每个人都紧张而闪避。

她开口问曼达洛人的小搭档 Grogu（格洛古）[3]："他们在躲避什么？"

---

[1] 坍缩：指恒星内部物质在引力作用下收缩而挤压在一起。

[2] 吸积盘（accretion dic）是一种由弥散物质组成的、围绕中心体转动的天体结构，它是包围黑洞或中子星的气体盘。

[3] Grogu（格洛古），《星球大战》系列影视剧里的角色，在美剧《曼达洛人》中出场，与尤达是同一种族，天生拥有强大的原力。用在此处，意在暗指主人公精神状态的不稳定。

　　她越走越快，之后干脆跑了起来，她感觉到了一种丝滑，像风滑过双翼，她想喊点儿什么。

　　"我算什么？我什么都不是！"一个年轻的小伙子抢先喊了一句。地铁列车里比以往更加安静，甚至都听不到一句嘲笑，只有广播里传来一阵播报（某科普节目）：昆虫，特别像外星生物，我们都是血肉在外，它们全身包着外骨骼。你知道吗？它们占据地球90%的动物种类，比人类出现早多了，即使人类灭亡，它们仍旧掌控着地球。你看蜻蜓，它的眼睛是复眼，基本上能看到360°的周边，而且没有任何一种人类仿生物可以像蜻蜓那样近乎静止地在半空中停飞。

　　她问来自B-612星球[①]的小王子："他们在害怕什么？"

　　一只蜻蜓悬停在铁轨上空，复眼大而精密，人们甚至听不到它每秒挥动一千下翅膀的声音。

　　她安抚了下情绪，看了看表，指针指向下午五点四十分。

---

① 引自法国作家圣·埃克苏佩里于1942年写成的著名儿童文学短篇小说《小王子》。

换乘的公交车即将到达回家的倒数第七站，幼儿园的倒数第三站。届时，车头会对齐站点第二条黄色地标线，跟右侧冬青种植结束点刚好一致。司机会拿起他泛黄的塑料杯喝两口，然后把茶叶吐回去。一个妆容整洁、套装笔直的中年女性会背着灰色托特包上车，并坐在车头靠窗的单人座，座椅后部的空隙刚好穿过她的尾翎。还有一个毛寸、微胖的中学生，"没有"眼睛，手的末端粘着手机，他会对着手机画面不停地咒骂，然后用头砸手机。她无所不知，就像车在她的脑中行驶。

微风吹拂着她小臂上露出的白色纱布，她闭上眼。

回到家，电视里正播放着有关木乃伊的纪录片：将身体制成木乃伊保存十分必要……这种处理方式和仪式是为了给逝者提供永生所需的能量……

女儿用积木搭建类似长方体的空间，念青把油麦菜洗净、折断，发出脆裂声。操作台上放着一大卷保鲜膜包裹的羊肉，因为解冻流出一条血路。

她帮丈夫穿上特制的围裙，接着把洗好的蔬菜、配料和切好的肉按顺序摆放在灶台旁。

丈夫用力擦灶台上的一滴油渍，用厨房纸抹去不粘锅里的水迹。油烟机只吞不吐，发着高频的嗡嗡声。

"刚又收到你违规停车的罚单信息。"他的话音刚落，仿佛她脸上的浆泥"啪"掉了一块。

"早上赶时间，我就把车停到幼儿园巷道外的主路边上了。"她毫无表情地回答。

"下次还是开进去吧。"他把掉在地上的浆泥，涂在自己脸上。

"一进去，车就出不来了。"她试图抹平脸上稀薄的部位。

"下月改成周一限行，不好进出就坐公交吧。把小葱给我。"油烟机的响声也盖不过这条指令。

"妈妈！有蟑螂！不过别怕，我用积木给它搭了一个家。"女儿打破沉默。

丈夫几乎本能般扔掉木铲，跑去客厅。仅仅几秒的时间，就神情满足地回来了。

女儿追进厨房，边蹦边喊："妈妈！爸爸好厉害！像青蛙一样把蟑螂吃掉啦！"她把女儿推出去，制止她无厘头的控诉。

"明天还是你去吧，我得出差去竞标。"丈夫边说边埋头炒菜，不时喉部滚动，瞳孔又大又圆。

她吓得直后退，眼睛盯着他喉部那个浑圆的滚动，刀子掉到地上，发出凄厉的尖叫声。又是这种颤动，她后背肋骨突动，有开裂声。起初只是一条缝，然后它慢慢、慢慢张开了黑色的口……

那双来自背后深渊的手，紧紧地攥住了她的喉咙，她的发丝随着身体悬在空中飞舞。对面跳过来一个类似青蛙的绿影，张开血盆大口，还有那粘稠卷曲的舌头。她摸索着那把刀，那把尖叫的锋利的刀，刺向了那个绿影……

刀子掉落，就像针掉到地上，你能听见它撞击地面发出的声音吗？

你，能听见吗？

第二章

一个幻觉的过去

1

"给我买票吧，我要离开这个家！"

被人需要，是一位传统母亲的标配。而这位声称要离家的正是柳念青的母亲郝进芳。让郝女士主动提出离开家那绝非小事。在郝女士心中，天大的事肯定与她世界中唯一的男人有关，这个男人就是念青的父亲柳孝原。

柳孝原也曾是青年才俊。他的父亲进过民兵连，家里还留着被日本人砍过的榆木桌。他的母亲原是地主家的闺女，生得俏丽，裹着金莲，个头不足一米六，言语刻薄。不要低看了这刻薄劲儿，彼时，如果找个这样的媳妇可算是光耀门楣。好比王熙凤，不只掌运小家，整个家族都唯她是瞻。当然，还有一个条件必不可少——风流。这风流里有泼辣也有蛮横，甚至夹杂了不少风韵。如果生在礼仪老师的家里，这些绝对是禁词，会让礼仪老师眼睛一瞪、嘴巴紧锁、胡子微微颤抖。而郝进芳女士刚好就生在这位礼仪老师的家中。于是，她一听到禁词就会眼睛一瞪、眉头紧锁、嘴巴微微颤抖。而当她第一次见到柳孝原的时候，她就丢了一直引以为傲的家族传统。她臊眉耷眼儿地望着柳先生，身体缩着，不由自主地靠近。那时，她生得白嫩，眼睛黑圆，两条大黑辫子顺着肩膀垂下。柳先生一靠近，她身上就噼里啪啦地响。后来，柳先生拉出她的尾巴①，拎着就回了家。

回家后，柳先生和郝女士就待在"壳"里。时间一长，母亲房里就少了儿子的身影，时间再一长，母亲竟然得了哮喘病。她想说很多话，但总是被喉咙里的痰给卡住。她的嘴开始发黑，还掉渣，每天脸上都增加几条皱纹，她一边呼喊着儿子的名字，一边咒骂着郝氏的软颈细腿。时间久了，柳先生去母亲房里走动得又勤起来，母亲拉着儿子的手放在胸口，随着一阵急咳，胸部上下起伏，伴随着类似呻吟的痰鸣声。

"你还记得吗？儿子，你九岁的时候，还把我按倒了吃奶呢。"

说完，柳先生看了一眼郝氏，松开母亲的手，提起滚烫的水壶，浇在郝氏打好的蛋液里，一片片蛋花在滚烫的热水中盛开。半生不熟间，发出一阵阵让人作呕的蛋腥味。

从每天过来给母亲冲一个蛋花汤，到为她擦身、梳

①　此处"尾巴"暗指欲望。

头、打扫、端尿。每当她有怨念，柳先生就会给她一个眼神，然后拎着她的尾巴一起回"壳"里。日头落了再不出来，母亲的房里就会传来咆哮加咒骂声。

时间一天天过去，她从偏房搬到了西屋，面相也越发像柳母。而他们第一个孩子的出生，更让她像被什么东西摁住了屁股，动弹不得。当然，这个什么东西绝不是柳孝原。

"孝原，我全身好痛，你给我揉一下吧。"说着进芳拉起对方的手按在了左胸口。

"孝原，你能抱抱孩子和……"对方下意识地抱起褪褓，背后传来她的哭泣声。

是谁让玫瑰花凋落，让月亮失去该有的光辉？是谁被爱奴役，变成又一个困于即停即死的循环里的西西弗斯？从那之后，柳孝原好像再也没有抱过孩子，还有她。

郝进芳眼神呆滞地看着孩子在泥坑里打滚，变成泥鳅。泥坑变成泥沟，孩子顺势上游，好像要回到源头。

就这样游了两年，她生了第二个孩子。在除夕夜，这个号称拯救她的孩子，让她瘦弱的皮囊日渐丰满，她使劲地吹着心形气球，多到充满整个婴儿房。高兴了，她拿起软皮水管冲洗小泥鳅，原来她是一个面庞清秀的女孩，名唤念青。

妈妈让念青养一种叫玻璃拉拉的鱼，可念青盯着鱼缸很久，也没发现鱼在哪儿。弟弟的到来让奶奶更加温柔地对待爸爸，妈妈更加温柔地对待弟弟。家里的玫瑰开得格外艳丽，只有念青依旧怀念泥坑，还会带着弟弟滚泥坑，妈妈咒骂念青，从泥里拉出弟弟。

念青还喜欢坐在屋前的矮凳上，看墙边炉火跳跃，她就跟着跳跃，父亲看到老鼠后吓得跳跃，妈妈割破公鸡的喉管，奔涌出一摊血，血在地上流，像火苗蹿动，她又开始跳跃。母亲把她赶到爷爷的背上，奶奶把爷爷赶到街上，爸爸在奶奶房前吃水蜜桃，弟弟扯着妈妈的头发，妈妈胸前湿掉一片。

"爷爷，放下我吧，我不跳了。"念青在爷爷瘦弱弯曲的背上看汽车，爷爷唱起歌谣："正月里，二月中，我到菜园去壅葱。菜园有个空空树，空空树，树空空，空空树里一窝蜂。蜂蜇我、我遮蜂，蜂把我蜇哩虚腾腾。"① 念青也跟着唱起来。

---

① 引自旬邑民歌。

"不要紧啊，孙女，爷爷背你。爷爷知道，你还是个小女孩。"

"我还是个小女孩，爷爷背，我还是个小女孩……"

念青永远不会忘记，他们家在一个胡同里，门口两个石鼓凳子，两扇门是榆木的，反复地开关磨掉了棱角，露出粗粝的木头，木板上还有爷爷敲门留下的烟管印子。

她趴在爷爷的背上，看马路上车来车往。爷爷的头很小，头发不长不短，他们看车的时候不说话。

那一天，她又想找爷爷去看车。

"好，爷爷背你，我们一起去看车。"

可是爷爷依然对着墙躺着，没再说一句话。没过多久，他们把爷爷的床扔进了火堆，连同不再说话的爷爷。

那是在一片空旷的野地上燃起的、巨大的火堆。她看到爷爷突然从火里坐了起来，想挠后背但是挠不到。念青想帮爷爷，然后骑上爷爷的背。她把手伸进火堆里，手背上的皮瞬间缩水脱落。木棍被烧得噼里啪啦，她耳边响起爷爷唱的歌谣："正月里，二月中，我到菜园去壅葱。菜园里有个空空树，空空树，树空空，空空树里一窝蜂。蜂蜇我、我遮蜂，蜂把我蜇哩虚腾腾。"她的身体又开始抽动，接着她朝火堆跳了进去——

"爷爷背痒，我帮爷爷挠背。"三个大人把挣扎的她扛回了家。

从那天起，她生了一场大病。醒来的时候，好像忘了一切，每日又在滚泥坑。妈妈看她脏，把她关在院子里，有时气得拿针扎她两下，喊几声她的名字，但她依旧没反应，只是发出几声像狗一样的呜咽声。

你知道吧？当一个家由一个怨妇、一只狗，还有一个泥孩和婴儿组成时，男人希望被流放。他们成群结队在街上游荡，看经过的女人，说悄悄话，然后朝一个隐秘的地方聚集。不假时日，他们又朝吃荤食的地方聚集，久而久之，他们会不断地在吃荤食的地方聚集，这可能是他们解决私欲最正当的途径，没有之一。

念青还记得，她从街上回来，发现餐柜里有一条皱巴巴的肠管，便拿着吃起来。柳孝原大叫一声，快步追了出来，把剩肠子从念青牙口里拽出来，扔在了她脸上，"啪——"。

那是她长到八岁唯一一次意识到这个叫父亲的男人的存在。

那阵声响之后，她突然闻到了一股又臭又香的味道。"刚才吃在嘴里的时候，怎么没尝出来呢？"念青纳闷了一下午。当她再次从街上回来的时候，父亲还在原地转圈，眼睛瞪着地上的肠管，眉头紧锁、嘴巴微微颤抖。

母亲在炉旁剥蛋壳，拍碎，五六个光屁股鸡蛋瞬间回到清黄不分的状态。倒入虾仁、酱油，撒芝麻、香菜碎，最后淋点儿香油。这时候，柳孝原总会抢跑过来，舔两口留在瓶口的油滴子。

郝进芳看了一眼柳孝原，把香油滴子摁进儿子的嘴里。"别学你爹，真没出息！一截猪狗肠子也能要他的命！"说着，郝进芳剜了一勺碗里的虾仁鸡蛋碎塞进柳孝原的嘴里，他才回过神来。"把剩下的蛋白给你儿子喂了！我给老太君送饭。"

"再给我尝一口？"柳孝原拿起筷子。

"要不你给老太君送？多少我不知道。你自己发挥？"

"那我跟我儿子一起吃剩下的。他比我还胖。"

"我真是瞎了眼！吃个鸡蛋还要捡剩下的，捡了剩下的还要抢。老大不小，人模狗样，挣不来还像猪猡一样馋。不如我一天到晚给你老太太当婢女，捡口吃的喂你这牲口！"

"有吃的也堵不上你的嘴。烂嘴嚼舌的话，有本事你去天井里说！再说，我就去隔壁跟老太太一起吃！前日，老太太还说大哥给他送了一包蜜饯点心。"

"吃吃吃，一天到晚，就知道吃。你不吃我窝里，你去别的窝吃。看你这毛猴尖狲，谁待见你！"

"你这么说，我就想好好问你了。那天王黑狗过来干啥？我前脚刚出门，你以为我不知道？"

"来干吗？你问我？我怎么知道他来干啥？说来找你，你不在，就在这儿聊闲篇儿。"

"聊什么闲篇儿？你们有什么可聊的？"

"聊他养猪、杀猪。聊杀猪时用哪种刀。"

"还聊啥？"

"没啥啊，就说我白。我忙着给老太太做饭，可能怠慢了，他临走说我闺女黑。"

"这个狗娘养的，就没安好心。以后别去他家买肉！我闺女黑，我闺女再黑也随我，不随他！这个黑心狗！"

"别扯开！你心不黑，你窝里横。你要是像王黑狗一样把钱挣回来，我心黑都行。再说了，人家说得没错，你闺女就是黑。"

　　说完，门口传来一阵婴儿哭声。郝进芳赶紧跑出去，看到儿子被淋了一头的生鸡蛋液，还夹杂几着片蛋壳。不远处，念青气呼呼地朝门外大步走。

　　"哎哟，我的宝贝亲儿子——你姐姐抽什么风！真是疯狗！"郝进芳抱起儿子，又擦又舔，像在吃另一颗鸡蛋。柳孝原扔掉手里的筷子，咒骂柳念青。

　　念青穿过大门，奶奶抬了抬眼，把瓢里的白面馒头往怀里收了收。

　　"你干啥去？"奶奶捯着气，摘下褂襟子上的手绢擦唾沫星子，念青继续往大路走。

　　"你等会儿！"奶奶拿了一个白面馒头递给她，"你想你爷了？"

　　念青原地不动，奶奶把馒头塞到她手中，"回去跟你妈说，她借我的鸡蛋不用还了"。念青吃了一口馒头，奶奶把瓢递给念青，她一手圈着瓢，一手啃馒头。

　　"慢慢吃。以后你给奶奶买馒头。"念青猛点头，馒头那么白那么软，那么适合在她的牙齿间反复咀嚼。

念青走哪儿都带着瓢，有时瓢里有半块馒头，有时没有。

空的时候，她就戴在头上，奶奶看着滑稽，沿瓢给她剪个西瓜头。地上落一摊摊黑发，奶奶笑得浑身颤抖，然后是一阵咳嗽声。她搓盘着发髻，摘掉落在领子上的一层灰发。

"把地扫干净，然后冲个蛋，别忘加白糖。"

念青麻溜地敲开一个鸡蛋快速搅拌，拿炉钩盖上炉盖，提起黑铝壶，手运开水浇向蛋液，碗里瞬间开出一朵朵黄白相间的花。趁着水温，撒一把白糖，这才算上一碗正宗的开水冲蛋羹。不过，念青只关心粘在她手掌上的那层白糖粒子。

奶奶哧溜哧溜地喝着蛋汤，念青咂巴咂巴舔手心。郝进芳轻手轻脚进门。"她晚上住这儿。"扔下夹在胳肢窝里的被褥枕头就要走。奶奶神情透着满意，说："鸡蛋在桌上瓢里，和上次一样，六个。"说完揣给念青一个馒头，"拿馍蘸着吃"。

念青差点儿笑出声来，这可是她最爱的两种食物，就算晚上睡觉，她做梦还舔手指。奶奶夜里基本睡不着，咳嗽声并未殃及念青。唯一打扰到她的，是一只一直摩挲她身体的脚，以及冷不丁蹬到的一摊又冷又松的身体组织，像踩空。

就这样，在窥探和叨扰之间，她也开始睡不好，更可怕的是，她总梦到枕头下有只多足虫！从那以后，她每晚都被噩梦吓醒。于是白日里失魂落魄，叫不应声，还打翻蛋羹。不久，奶奶就把她的被褥枕头扔了出去。

回来的那一晚，大家都睡了。妈妈的床很挤，凉席很硌。她望着雨后的夜幕，用撕下的日历纸（节气"夏至"一页）包星星。

"星星一号，你在哪儿呢？我知道了，你在一把勺子下面，找到了！包住！"念青包住北斗七星延长线上的大角星①放进嘴里。

"味道有点儿咸，换一个。换哪个呢？我们往右看，有了，又抓到一颗！"念青向西天移动，抓住位于狮子座的最亮星轩辕十四②。

---

① 大角星：是牧夫座中最明亮的恒星。大约在北半球的春季可以看见这颗恒星。大角星与室女座的角宿一、狮子座的五帝座一共同组成春季大三角。

② 轩辕十四：也被称为狮子座 α 星，因其主星是其中最明亮的恒星，也被称为帝王之星、王者之星。

"不对不对，味道有点儿酸。不是我要找的那颗。下面呢，有两颗！抓住！……嗯，有点儿甜，但还不够。"她放开了南天位于天蝎座的两颗心宿星，顺势向东部天空搜索。"就是她！"念青轻轻捏起夏夜的最亮主星——织女星①放进嘴里，然后看着日历上的字，说道："你就是夏至星吧，祝我生日快乐，小星星。"

2

流火把泥坑烤干，连念青身上也脱了一层泥皮。

她正钻大门槛子下的洞玩儿，听见一群飞毛腿子呼啸而过。"快点快点！那个墓刚掀开盖儿，去挖宝贝喽！"念青只听见最后两个字，就跟着追过去。

她追着跑了很久，确信已经横跨了马路——那条被家人划定的禁区线。穿越了很多发霉的街区，错落笔直的白杨从他们身旁划过。她脚步一点儿都不落后，甚至

---

① 织女星：或称为天琴座 α 星，是天琴座中最明亮的恒星，距离地球约二十五光年，是北半球第二明亮的恒星，仅次于大角星。织女星（织女一）与天鹰座的牛郎星（河鼓二）以及天鹅座的天津四被称为"夏季大三角"。

冲在最前面，才发现大伙早已转向。天色在树叶的撩拨下，射出点状微光，最后他们在一条丝带小河前停下，墓室就在河对岸。几个"浪里白条"扑棱着就游了过去。她脱下鞋，伸脚进水里，脚上的泥土被水揉走。她抽回脚，往后退了几步，那几撮扑棱的水花离对岸越来越近。

"我知道一条旁路，不用下水。"一个清稚坚定的声音传来。

那是一种从深远的地方传来的声响，不是青山回音，不是雁过展翅，不是夏夜奏鸣，也不是风吹松涛，是青苇摇荡，是丝竹缠绕，是星石闪烁。

她转身，看到一个半裸上身、皮肤泛黑紧实的男孩，睫发黑密，手拿钩铃，旁边还有些什么她已经看不清。她的注意力只够聚集在眼前这个少年身上，伴随着他忽隐忽现的身影和她微弱的耳鸣。

等她醒来的时候，已经到了河对岸。她四处搜寻，望向对岸，大叫一声，惊起飞鸟一片，唯独不见那个少年。

念青踏着几枝踩倒的舌状菊往前走，脚步松弛谨慎，还摘了一朵舌状菊给自己做了一个"手表"。

那是一个高耸的三角锥土堆，其后斜线排布另两个大小递减的三角土堆。东西两面有两冢城墙包围，其间密布一些分支细流。

最大的土锥由于几天的降雨塌陷出一个黑洞。几个小孩都在洞口往里看，念青拨开人群跳了进去。那个洞并不深，脚落处和四周都是玄武岩石，八面石门上雕刻着一些奇妙的图案。

第一扇石门上有一个体型巨大的人物，嘴里喷出气流，幻化成很多神奇的形象：有骑着神兽、身披两翼的驭者，有仙女引驾的马车，还有一位仙官躬身迎接。第二扇门上有位神仙坐在云橇上，他右手拿锤，准备打两侧的鼓。旁边一个散兵拿着小锤，在一条盘龙弯成的彩虹门下，貌似要击凿脚下一个俯首跪地的人。第三扇门上有位手持盛水器皿的女神。第四扇门绘满被风吹卷的云朵。第五扇门尤其精美，画中的主神坐着北斗星车，斗柄的末端，被一个长着翅膀的仙人托起。斗车中星君的后方站着三位天官，恭敬行礼。他们的车队正带着有伞盖的马车前往天界，进入灵魂旅行的终点——北斗星。

念青攒起一块泥巴，拍在石壁上，想拓出石壁上的一个尾巴图案。突然，从洞口倒挂下一个人，是他！那个少年脚上被一根白丝吊拽着，身后翅膀徐动，手里拿着一个像松果一样的东西要递给念青。她吓得后退几步，碰碎了地上一个绘着三角形图案的彩陶罐。

"你是不是傻？刚开棺的墓室你也敢闯。"少年开口对她说。念青吓了一跳，从梦中惊醒。母亲做了一个鸡蛋饼丢到念青跟前，说道："是不是傻？里面尽是些毒气！快点吃，吃完带你弟出去玩！我跟你爸晚点回。"

母亲绾起发髻，穿了一身连体胶皮衣，带着铁锹、藤编筐，跟父亲出了门。

念青有些头晕，摸了摸耳朵背后的耳窝，起了两个肉疙瘩，按一下生疼。

"别动我的三角锥！"弟弟用手扒拉念青拢起的土堆，念青上前制止。她在一块长满松柏的丘陵地里堆起一座小小的三角锥土包，摁着弟弟，一起对着土包磕了几个头，然后快速逃走。"我是一只鸟。"念青展开双臂——

"等等我，姐姐。"弟弟踉跄地跟着。"我不能落地，要不然追不上爷爷了！"念青挥动着翅膀。不远处，松林里大大小小的三角锥土包被他们甩在身后。弟弟摔了个瓷实，哭得冒气汗，念青给他一个绿松果，弟弟瞟了一眼，继续哭。

"特别好吃，跟苹果一样。"弟弟用眼神确定着这件事的真实性，终于在念青的笃定下接过松果，咬了一口。瞬间，哭声震天。

念青笑得浑身抽动，惊落一地松塔，连树干都加快了蜕皮。

念青倒挂在学校操场的双杠上，摇晃着看风景。舔了一口手里的松果，眉眼苦涩地粘到一起。

"什么味道？"一双笔直紧实的小腿出现在她眼前。

她双脚钩住双杠，把身体摇起来，坐实在其中一根杠上。"你说这个？"

一个眉眼清晰，长相甜美的女孩站在双杠面前，等待念青的回答。

"什么味道？一股体香的味道，狐臭香！"两个女孩因为一个奇怪的笑点顺理成章地成了好友。

"你知道黄金分割率吗？"念青摇头。"松果上有个秘密。它有八条顺时针生长线和十三条逆时针生长线。

你学过除法吗？这有点难，我告诉你，八比十三接近0.618，0.618也叫黄金分割率。"

"这个什么率有什么用？为什么长在松果身上？"

"它可以让松果长得完美。它可以让任何混乱的东西变得有序，变美。美可是一种无敌能量，美就是科学，我们人就像向日葵收集阳光一样，收集美的能量。它不光在松果上，它在大自然中到处都是，比如我说的向日葵，比如一种完美鱼，还有一些外国的石像——大理石做的。"

"什么是大理石？"女孩也翻上双杠。"就是一种像皮肤一样光滑的石头，跟你的牙齿一样硬，是一种无机物。我们是有机物做的，所以是人。当然，未来科技发达了，人也可以变成金属生化人，就像披着人皮的变形金刚一样。无机物的胜利！"

"那还能叫人吗？"念青两眼放光，烧灼着对面这个神秘女孩的面庞。

"To be or not to be, that's a question."

"你在说什么？"

"我妈说遇到科学解释不清楚的时候就可以说这句，

我也不知道啥意思。"

　　天色已暗，明月当空，微风翻动两人的裙角和耳发。

　　郝进芳借助微弱的灯光，把一些黑金色的石块摊倒在地上，不时拿起几块欣赏。她把石头顺着灯光看，用手掂量，拿小锤子敲打，然后审慎地放进垫着棉布的藤编筐里，好像要把这筐黑金"面包"进献给谁。

　　"怎么样？硫黄多吗？"柳孝原从大桶锅里捞出一根猪棒骨。

　　"明显比前几次少，只有这几块黄铁矿，还有几块是磁石。"郝进芳用锤子敲打着烟煤，矸石^①成片地掉下来。

　　"就这几块？你看清楚了？"柳孝原把吃了一半的猪大肠放回盘子里。

　　"我们老这么往外偷也不是长久之计啊，一次累死累活地也扛不动几十斤，还怕被发现。硫黄硫黄没有，磁石更别说。不如你去矿上干拉煤吧？"郝进芳索性一脚把煤筐踢远。

——————————

① 矸石：指混入矿石中的岩石。

"我咋拉？哪有我的份儿？我连进都进不去。"柳孝原把剩余的棒骨和猪大肠放进餐柜。除了吃，他不允许任何事情成为他的事儿。

"我有办法。"

从那天开始，郝进芳就天天去菜地种菜，长出来的头茬豆角、茄子、黄瓜、柿子就往大妯娌姐家送。过了几个月，郝进芳就穿上了去矿上上班的制服。这天，郝进芳下班后去菜园收了大白菜、白玉萝卜就赶去大姐家。

"大姐，我给你洗好放天井了，你快吃，吃完我再给你拔。还有大葱也快收了，我一起给你送。"郝进芳把菜放在水池子里就要离开。

"你别急着走啊，她四婶儿，工作怎么样，适应吗？"大姐打量着她的制服，时不时给她整理一下。

"大姐，好着嘞，我干得可认真，你放心吧，我不会给你丢脸的。"

"你肯定能干好，要不这身衣服也不能给你，还挺合身。你在这吃完饭再走吧？"

"不了，大姐，我得回去给孩子做饭了。你赶紧回屋吧，别买大葱了啊，我回头给你送，别买了啊。"说着，郝进芳已经三步并两步出了门。

念青推开屋门，柳孝原正在关电视，把一张薄片揣进怀里进了东屋，不一会儿就鱼滑而出。等父亲出了门，念青也随之进了东屋，她用眼神触摸着每个物件，然后在暖气片靠墙的缝里抽出了一张 DVD。封面已经没有了，只有张薄膜包裹着银色的光盘。

她把光盘推进放映机，伴随着咔嚓的吃盘和白噪音的读盘，光盘开始播放。那是一个普通的黑发男性背影，他下班回家、吃饭，然后他的爱人给他跳了一支舞……

念青赶紧把机子关了，长叹了一口气。

说完她把光盘一折，扔进了垃圾桶。她撞门而出，脸瞬间青了一块。

"你去哪？脸怎么青了？"母亲迎面回来。

"没感觉啊，刚撞了一下。"念青抹了抹头上的汗珠，不知道是手还是脸失去了知觉。

"你干吗呢，慌慌张张的。你爸呢？"

"我出去玩，我爸刚出门了。"

"把你爸找回来，我有事跟他说。"

念青走出门，看到父亲与好友正勾肩搭背走来，"兜售"着各自的私语。

"我妈回来了，正在找你。"念青经过两人时似有似无地说，柳孝原小声跟朋友嘀咕着什么，随后朋友就扫兴地离开了。

念青走进学校操场，看见两个高年级的男孩正围着南星，其中一个大个子头对头顶住她。南星看见念青，眼神示意她不要靠近。不过，还是被小个子发现了，把她也围了进来。

就在这十分钟的时间里，大家进入一种诡异的气氛。等男孩们松开头之后，所有人感到一种莫名的愉快，接着在学校玩了一下午泼水游戏。

念青看着大个子一直在朝南星泼水，她想如果换作和他头顶头会怎么样呢？

那天傍晚，刚过小暑，七点钟天还余亮，几个小孩拿手电筒在河边柳树杈子上摸知了龟蜕的壳。念青和南星经过河边走路回家。

"你知道入伏后，蝉为什么一直在叫吗？"南星看着那几个小孩上树抓知了龟。

"为什么？为了叫躲晒的人晚上出来乘凉？"

"给乘凉的人顺便演奏一曲夏日小夜曲？当然不是，它们才不会在乎人。"

"那为什么？它们叫的时候可是拼了命似的，生怕所有人都听不到。"

"这就对了，它们最主要的是让雌蝉听到，吸引它们过来交配。它们生命周期只有一个多月，时间紧迫，赶紧繁衍下一代最重要。所以它们得拼命地吸引注意力。"

"连蝉都知道自己生命短暂。那我更好奇了，它们相遇之后是怎么繁衍下一代的呢？"念青突然饶有兴致，又像是在一个水潭旁伸出一只脚试探深浅。

"这个也难不倒我，但是你这个小孩未必听得懂。你知道受精卵吧？人类的是在女人身体里，蝉却在雄性体内，雄蝉会吸收雌蝉的激素，然后混合受精卵再倒进雌蝉的泄殖腔里……"

南星讲得入神，念青听得走神，干脆把头伸向南星："好复杂，你说我们刚才跟他们头顶头的时候会生小孩吗？"

念青说话的气流仿佛干扰了南星，她声音变得越来越小，最后只剩下一丝不均匀的呼吸："就像我们现在这样吗？别开玩笑了……我还没说完，蝉的幼虫在地底潜伏三年、五年甚至七年才会爬出地面，你发现没？这几个数字都是质数！它们太聪明了，质数的因数少，这样它们出来的时候就避免了跟其他蝉类扎堆而……"

"那这样呢？"念青干脆把嘴怼向了南星。她并没有躲开，知了龟一直不停地喊"知了知了"，用隐退的方式。

南星伸手抚在念青的腰间，伴随着她在她耳边的呢喃："人就是一种喜欢试探的动物。"

这个不经意的试探，让两人像踏上了十五世纪哥伦布率领的"圣玛利亚号"航船，大西洋的风在她们之间飞速盘旋。

从上班那天开始，郝进芳骑电动车，柳孝原就坐在后面。进大门的时候，主动跟门卫打招呼，大爷拉开满是黄金叶的抽屉，抽了一根。

过了几周，柳孝原开上了卡车出入矿区。出门的时候，不忘朝门卫室扔一条烟。

这是一个二十世纪七八十年代投产深采的老煤矿，曾经是市里四大矿场之一，效益好的时候每天产量能达到 1200 吨，后因冲击矿压导致菱形金属网假顶塌陷，矿区降级，产量也随之减少，矿上人的收入也缩水得厉害。

柳孝原初来矿上，并没有他想象中的杂乱无章、尘土冲天，工人们正井然有序地排队下井。正午阳光正大，一座名为"日月同辉"的雕塑闪闪发光。

装车的间隙，柳孝原就去给过秤的人递烟、聊天。相熟之后，他把郝进芳花一年工资给他买的梅花牌手表送了出去。

这有一大片露天毛煤等待排矸。一群妇女在十几个煤丘之间对原煤进行干筛，然后送到破碎机把散装原煤进行破碎，分离杂质；下一步是选煤，厂子利用跳汰和重介质联合的方式，先用跳汰机粗选，然后以重介质旋流器再选一遍跳汰机筛出的粗精煤，最后得到低灰分精煤。这种发热量 6500Kca、水分 12.7%、灰分 6.9%、挥发分 34.8% 的气化精煤，可以生活用，也是化工和冶金等高耗能产业最理想的动力原料，是矿上当之无愧的拳头产品。

分选机的重悬浮液里，煤块上升、矸石下沉。很快，一片黑金压满整个输送带。柳孝原看得两眼发直，十分动容。远远望去，他的身体渐次发暗，地面裂动，周边各种物质沉入深沟。他也掉入深沟，与外界隔绝。细菌袭来，他身上释放出一些氢、氧，高温高压下细菌开始变少，他由褐色变黑，并被压缩、胶结成一种褐色泥煤。随着他进一步向下沉降，最终变成了一块闪耀光泽、质地坚硬的黑色烟煤。柳孝原扔掉手里燃尽的尼古丁，走的时候，步伐坚定。那天夕阳浑圆且虚假，他头上冒着一缕蜿蜒的青烟。

从矿上回来后的几个月里，柳孝原基本上不出门，朋友来约也找借口搪塞。他把家里仅有的家电拆装了一个遍，徒手制作出一个可以直接访问 FM 频段的无线电收音机、一个手持式塑料锂电池吸尘器，用电动车的电池组和木板做了一个电滑板车，还制作了一个电子秤遥控器，通过对电子秤传感器上重量信号的干扰，可以随意改变重量值……

而这一刻，伴随着无线电收音机里发出的"om"声，将永远地改变他的人生。

念青骑自行车到南星的小区，看到她正在喂一只野猫吃肉条。"以前我家也有一只猫,是法老猫,喜欢喝藏红花水。你来试试。"南星把肉条递给念青。

"我妈妈说她怀孕的时候出去散步,那只猫就一直跟着她,陪她。"

"后来我妈妈发现那只阿比猫,也就是我家的法老猫生病了,就带它看病,听说很严重,医生说让妈妈考虑放弃它。"

"后来呢?"一只有斑秃的白狗也跑了过来,抢食。

"我妈妈坚持给它治疗,住了三天院,竟然救过来了,出院后就住在我家了。"

"那我去你家看看它吧?"

"下次吧,你饿吗?"南星被一个想法点亮起来。"走,我带你去个地方。"

南星也骑上自行车,带念青一前一后来到一个门面质朴的寺庙前。

烈日当头,寺庙却清凉宜人。进庙左侧僧寮有个精壮的和尚把琴叶榕和小龙血树移到阳光下、浇水,几只奶猫行窜其间。

"好多小猫啊,你还有猫粮吗?"

"跟我来！"南星拉着想投喂的念青往前走，很快就跟上了一群穿庙服的居士。

"妹妹，你是不是饿了？"南星一把抱住念青。"都怪姐姐，忘记给你带吃的了，我也饿着呢……"

"给你个包子，吃吧！"一位居士伸手"打捞"了之后的沉默，把饭盒里剩下的包子递了过来。

"阿弥陀佛。妹妹快吃吧，庙里的东西好吃。师父，是什么馅儿的啊？"南星把包子接过来塞给念青。

"我猜是你最喜欢吃的馅儿！"居士把刚才的包子拿回来一分为二，两人一人一半。南星尴尬地笑了，念青也笑了，"吃完，去后面念会儿经去。"

两人经过山门，穿过天王、大雄、圆通等宝殿。天王殿中央有一尊巨大的弥勒佛像，左右是四大天王像。念青从进门那刻就有些恍惚。她盯着佛像，嘴角咧开，仿佛他们早就见过。她忍不住握大佛的手，用头使劲地蹭蹭。当她走进大雄宝殿，看到释迦牟尼佛，伴闻着般若波罗蜜多心经，她却哭了起来。

这几乎是件莫名其妙的事情。她刚吃了一块豆角鲜肉包，美味还萦绕在嘴角。

67

回家路上已是傍晚七点，蛾眉月早早挂在西天上。念青刹车，伸腿蹬地上调座位的高度。夜空还清亮，随着她车速的调整，风速也徐急有致。风收集了她脸上的汗珠，变成升腾的气吹向另一个人的脸。不同的人、动物、植物甚至动力设备都吐纳着同一片流动的空气。她闭上眼，感受从太阳飞出的中微子[①]穿透她的身体，消失在她布满视网膜的松果体、植物神经跳动的心窝和脐下三寸的欲壑中。

一位跑步的中年男性隔路同行，随身的收音机播报资讯："……未来这将是探索宇宙起源的利器[②]。在这个超高真空的环形隧道里，数以百万计的粒子将以相当于光速 99.99% 的速度狂飙撞击，从而模拟大爆炸后不足十亿分之一秒的情况。物理学家希望借此来解开长期以来的重大和基本难题，比如粒子为何存在质量、空间是否隐藏着额外的维度等，当然最主要的还是寻找那颗最重要的上帝粒子……"

[①] 中微子：轻子的一种，是组成自然界最基本的粒子之一。中微子个头小、不带电，可自由穿过地球，以接近光速运动，与其他物质的相互作用十分微弱，号称宇宙的"隐身人""幽灵粒子"。

[②] 此处"利器"指电子对撞机，即使正负电子产生对撞的设备。

听罢，他捋了捋前额的银发，两眼如炬，转头对念青说："跟上我！"中年男性加快了脚步，那倔强的刘海随风摆动。

两人一追一赶，没多久来到了一片空旷的金滩。中年男性拨开细密的纸莎草①，一大片王莲勾勒着水深梯度。近岸处，他跳上一艘草茎编织的小船，示意念青上来。两人在珠玉圆盘间游行，驶入由几丈高纸莎草列队的河径，朝着头顶夏日三角星的方向。

这是另一片广袤的金滩，确切地说，像极了帝王谷的金字塔群。中年男性带她来到一个巨大的三角金字塔前，奇迹的一幕发生了！天空中下起了中微子雨，穿透眼前的金字塔，在一个悬空实体中堆积了起来。

"就是那！我们得进去！"

"那是什么？怎么进去？"念青一脸无知。

男人双手搭在念青肩上，口念"124875"②。然后在她耳后摁了一下，"啪——"金字塔底部，一扇半人高

---

① 纸莎草：古埃及人广泛采用的书写载体。

② 124875被发现于埃及金字塔中，被誉为"世界上最神奇的数字"，因为它能证明一星期有七天的规律。其中包含罗丹数列和斐波那契数列，前者倍增，后者黄金分割。

的门自动打开了。

"我们该回去了! 快点进去吧! "男人好像与念青熟识,并对这一刻期待已久。

"我们要去哪? 你到底是谁? "巨大的困惑让念青产生了抗拒,她努力挣脱他的手,然后打了一个滚,摔到了床底下,把小学毕业照的相框都摔碎了。

她爬起来,摸摸耳后,一个开关样文身露了出来。她叹了口气,用创可贴把文身贴住。

"这三车是电煤,你看看基低位发热量和硫分;后面四车是炼焦洗精煤,指标在这:收到基全水、空干基灰、干燥无干基灰、空干基全硫⋯⋯这六项⋯⋯"柳孝原穿着一身蓝纹粗布工装,脚蹬黑色胶皮中筒鞋,把需要审核的出煤指标单子拿给过磅人,说罢传递了一个眼神。

地磅外协员很快过了一遍单子,然后递给了监控室里的内协员,说:"指标没问题! 上吧! "

卡车依次上秤,内协员手伸到裤口袋摁了几下,然后把磅数悉数报出,填到出煤表单上。

　　最后一车很快通过，柳孝原一只脚蹬住翼子板，一手挂在门上示意开车。车刚启动，柳孝原折在半空的脚却被拽住，整个人被扯了下来。

　　啪——噗——

　　即使皮肤这个人体最大的器官以及结缔组织的柔韧缓冲了坠地的撞击，他还是感觉到了那种因肋骨的压迫而导致气道和声道的堵塞。他眼前间歇黑隐、额头冒汗、耳鸣，张嘴却说不出话来，他试图用手肘支撑爬起来，但软绵绵的。他说不出话后改成发声，这尝试也失败。他的脸上并没有痛的痕迹，只是眼神增添很多忧思。他在地上力所能及地滚动着身体，好像这样能唤醒自己。

　　几个大汉把柳孝原揍了一顿，还踢了他的下身。

　　来的人，是一群年轻的恶霸。就像当地的某种特产，因坚硬稀少而被重用。领头的恶霸拽着柳孝原的衣领，威胁说："为什么你能拉煤？别人不能？"

　　过磅人捏紧遥控器，身体退到阴影里。柳孝原几乎用招供的口吻回答："我，我上面有人！"

3

这是他唯一的大姨。大姨家只有一个表弟，从他和柳孝原的熟悉度上看，两家往来甚少。大姨和柳老太年纪相仿，但个头、肤质、眉眼和个性截然不同。

如果柳老太是个小家碧玉，大姨就是一个氛围美女，只是随着岁月的打磨，她的气质渐渐转了方向，大概是从同她相好的知青没带她去大城市、她老公去世前一直安于煤炭局的闲职，又或是她名校毕业的儿子想跟带两个孩子的寡妇私奔开始。

总之，她规划的生活里充满了事与愿违的戏码，一向善于经营的她，不再用镊子拔白头发、往发尾抹椰子油、用牛角梳给脸刮痧，也不骑一小时电动车串中心公园的英语角、参加一周三次的老年健步跑，等表弟找了三天三夜后，终于在老家西屋的木炕上，找到了她。

她好像三天没合眼了，眼球布满红血丝，眼神矍铄。她盯着碗口大的窗棂，嘴巴张得很大，时不时说："对对对，是是是。"你看她的时候，她也"看"你，只是眼球中央像放了一把野火。

大姨在一个雨天被表弟接了回去，怀里紧握从老房子带回的一块柴火。她跟表弟说"火火，生火"，表弟拿来一个小铁炉子，把火烧上。刚开始用柴、后来用煤，就这样，大姨眼睛里的那团火越烧越旺。为了给大姨烧火，表弟也开始操持起煤炭相关的工作，接了姨夫的班，没想到干得得心应手，没两年就在当地最大的煤矿当了矿长，而大姨也成了当地有名的神婆。

晚饭后，圆月在东南头爬升。柳孝原带着五仁月饼和大红袍茶叶敲大姨家的门，还没拐进巷子，就看到一个长长的队尾。

两个上了年纪的女园工，给月季花剪枯萎的倒刺，以及捡夹竹桃爆开后撒满地的种子。

堂屋正门紧闭，东偏门开着半帘，里面透着黄光，冒出一股烟草混合梨膏的串子味。屋里头的人时而低语，时而啜泣，丝丝片片的隐晦淹没在院里塘池的流水里。柳孝原打着家里人的旗号挤到院子里，刚要喊人，就被队首那人给拽了回来。

"你谁啊？！"柳孝原转头一看，吓得打了个寒噤。

"你怎么在这？"原来正是前日用拳头教柳孝原做人的暴徒后生。

"我还想问你呢！你小子竟然敢插我的队！"

"我来看我大姨，还用得着排队？"说完，身体缩成一团。

"什么？你大姨？亲大姨？"后生身体弯下来，凑前问道。

"我妈的亲姐！那还远到哪里去？我亲表弟，林永威……林矿！"

后生一把把柳孝原抬扶起来："哎呀，哥哥，实在对不住，没想到咱是一家人，我也是来找大姨指路的，不，看咱大姨的！"

"你是哪来的外甥？我妈怎么没跟我说过？"

"哎呀呀，我姨姥姥跟咱大姨、咱妈都是同乡，这不是顺其自然的事儿吗？叫妈都行，何况咱大姨！"

"你去吧，你先，我这还有盒从南方采购的桂花月饼，你也给咱大姨带上。哥哥，别生一家人的气，弟弟在这静候佳音啊！哎，对了哥哥，你找咱大姨是？"

"你管得着吗？我自家人中秋串门。"

"是是是，一家人团圆，林矿肯定也在家——"

大半个钟头，圆月已经爬到头顶，又红又圆。

"妈妈，那是什么？"

"月亮啊，能是啥。"

"月亮旁边呢？"

"星星啊，你这是问的啥？"

"这些星星有名字吗？你看，远处还有一颗更亮的，它们在一条直线上。"

"天上的星星多得是，哪个晓得它们有没有名字，地上的事儿都整不明白，还管天？"

念青跟南星坐在树杈子上吃月饼看星空，说完叹了口气。

"你妈妈就这么打发你了？"南星安慰道，"那叫木星伴月，谁看到这个谁就有好运。木星是天空里第三亮的行星，视星等^①有 –2.94，但是体积却是最大的。中国人叫它岁星，它绕太阳一圈需要十二年，正好跟咱十二生肖一致。你看它，多明亮、多稳重。据说它有七十多颗卫星呢，大名鼎鼎的木卫三，比水星还大。对了，你知道吗？木卫三是个大冰球，冰层下面有流水、很有可

————————

① 视星等：天文学术语，指观测者用肉眼所看到的星体亮度。数值越小亮度越高，反之越暗。

能有生物！比如有九个大脑、三个心脏的章鱼；或者不怕酸、不怕真空和宇宙辐射，能在太空中飞行一百年不死的水熊虫；或者它们已经发展出了文明，以人类无法理解的演化方式；或者我们贵州天眼接收到的杂音，就是它们星球文明发出的信号……"南星越说越兴奋。

"你知道的真多，不会都是你妈妈告诉你的吧？"念青用手挡住月亮。

南星星光映面，身上静脉血管里的蓝色血浪在木星的影响下，此起彼伏。

"你看，月亮上有个人脸！"念青指着月亮。

"是不是像我这样？笑容很诡异？"南星咧着嘴逗得念青合不拢嘴。

"看吧，人就是这样，你大脑的左右梭形回 ① 正利用你最熟悉的面孔识别欺骗你，其实那是陨石坑和被撞击的玄武岩岩浆形成的黑色平原，被大脑简化为人脸。不过地球多亏了这个神奇的月球，不管它是不是中空的，你看那满目疮痍，都是地球应该颁给它的军

---

① 梭形回（fusiform gyrus），位于视觉联合皮层中底面，不仅用于面孔识别，更多的负责对物体次级分类的识别。

功章。没有它，就没有地球上现在的一切。而且不管在地球上哪儿都能看到这张月亮脸，更何况我只是搬到另一个城市……"

说完，南星把月饼掰开，递给了念青一半："献给月球文明！"

那一晚，念青躺在床上，眼睛一直没离开过月亮。晚上她好像做了一个梦，梦到自己变成一只水熊虫从月亮的赫歇尔陨石坑[①]醒来，捡起一块月幔上的玄武岩，石头自己却飞起来，朝着地球上昆仑山的方向，像一个赶路回家的孩子。

她赶紧后退，发现月球背面有一束光洞，一阵不大不小的月震，让洞里发出闷钟的响声。她朝洞里看了看，头重脚轻的她掉进了这个机械蛋中，蛋中央被挟持的一颗白矮星正发光、发热。越靠近光源，周围越不稳定，她突然粒子化，刚开始以光速穿梭对撞，后似进入一片虚无。时间消失，无数的自己以量子状态出现或消失在任意地点，当混沌的空间无法承载量子能量密度

---

① 　赫歇尔陨石坑：月球正面中央赤道上一座形成于爱拉托逊纪（月球地质年代从三十二亿年前到十一亿年前之间）的撞击坑。

时，对撞让这个能量加速释放，并产生了大爆炸。那是一束束弦波，像从一把竖琴中被弹奏出来。你可以笼统地称之为音波曲线集，也可以看到这些不同类型的曲线正以自相似性和生长性对自己进行分形^①，并最终成长为整个宇宙……

第二天上课，天幕黑垂，雷电大作，一道闪电从前门冲进讲台，老师一跃而起。在同学的哄笑中，老师用"闪电是怎么回事？"顺利挽回颜面。

这道闪电也点亮了念青黑体般的瞳孔，她坠入一个螺旋下降的空间，周围是狂风大作的雨声，她倒挂在树枝上等待。具体等什么她也不知道，只是盯着一间红光幽暗的偏房，一个怀孕的女人在地板上挣扎，羊水流了一地。暴雨声淹没了她求助或分娩的号叫——

秋天是一个高潮，生命在一个轮回期的黄金分割处埋下真理。为此，秋天奉献了积蓄良久的物产，包括母亲腹中的十月怀胎。

申时已过，羊水、尿和血水让空气中弥漫着神圣的

---

① 分形：Fractal，是"世界分形几何之父"芒德勃罗创造的数学术语，也是一套以分形特征为研究主题的数学理论，主要研究不规则的几何形态，被称为大自然的几何学。

气息。她太瘦弱了，丈夫的缺席，亲人的无知，让她孤立无援。她有几个时刻很气馁，痛苦攫取了她的灵魂。在一阵球形闪电的巨响下，邻居们纷纷关窗闭门，这道闪电从树枝方向穿墙而入，一声啼哭划破了女人的身体。

当别人发现她时，已经没有了呼吸。房间里，一股烧焦的味道从她身上散发出来。

男婴在旁边咬脐带，满嘴是血。

又是一阵闪电，暴雨声已经捻灭地理老师上课的意志，也熨平了桌间虚实的嘈杂。那就是天雷滚滚！是《马勒第二交响曲》，是上帝之手上那根杀伐决断的指挥棒。

那一刻，静穆和崇高充斥着整个教室，也深深震撼了少年的心灵。她感受到了一种原始而熟悉的能量在身体里蔓延，就像回到了刚出生的那一刻：伴随着记忆之海涌来，她大哭。哭声里包含了复杂的交界信息，有她辗转于各种皮囊的困顿、有对过往耽于开兑济事①的悔恨、有落地为人却仰望星空的思忖和惆怅——

---

① 开兑济事：引自《道德经》："开其兑，济其事，终身不救。"意指打开欲望之门，等于没救。

生而如此，在哭声中结束，在哭声中醒来，生生不息。

从那天后，念青变得很生气。巨大的未知笼罩着她，又像在引领着她，她束手无策。那一整天，她把军鼓的谱子从第一页练习到最后一页，表情从没变过。

"念念，出来玩——"街上的伙伴隔墙喊话，三声之后，母亲便对骂过去。

他们蜂群游荡。在丝瓜叶子上找"蛇纹"、捏夹竹桃、掐葡萄尖儿和梧桐花座儿、溜进瞎眼爷爷家捡扁枣，在空置房里撒尿、过家家，在巷子里被群狗追，在大人啤酒瓶里放筷子。

拿筷子打上蹿的啤酒沫，筷子往往会掉进瓶子里。如果不声张，这件事会因倒酒而结束，除了这次。

堂哥从门缝里挤进来，拿起啤酒就往下灌。

这是专门招待女宾的西偏房，除了酒席，贴墙角落放着一张单人床，床头有把旧枫木吉他。房间被临时征来宴客，或许是出于对自己房间的信任，抑或是为了解除这瓶啤酒冒泡带来的压力，他毫无防备地吞下了瓶中的酒，还有那根筷子。

那几乎是一声号叫，迅速压制了在场四个酒桌，三十几个席位以及几个游荡儿童的喧闹声。

"啊——谁弄的？！——"

除了疼痛、屈辱，堂哥更多的是难以抑制的怒火。如果愤怒是一种能量，那他身上的光轮是紫红色的，随着时间的拉长，黑红色的复仇之火也会袭来。当他抽出梗在咽喉的"鱼刺"，念青动容的仰视和颤抖的锁颈却让他产生了一种异样的情绪，甚至是正向的，比如愉悦。奇怪！这种愉悦是哪儿来的？他手中的筷子停在了半空中，迅速逃离了房间——

恐惧是一种危险又迷人的情绪，它根植于死亡、表现为对生命和人生的无法把控，又被回应着毁灭、包含真理的美拉长。堂哥吃完二甲双胍①，躺在床上，手抚琴弦。伴随一种迷思，他望着房顶那片白。到底是什么让他逃走？这恐惧是什么……

当他用长辈的口吻呼唤她时，念青正在水泥地上画莲花，房门插销因他的颤抖发出"铛铛"声。

————————————

① 二甲双胍：一种治疗 2 型糖尿病的一线药物。

"干啥？"念青杵在房间中央。

"白菊好看吗？"堂哥的语气并没有拉近彼此距离。

"你从院子里摘的？"念青走过来，闻菊花。

"是。"

"为什么要摘它？它还没开完。"念青把弄着菊花。

"你知道花为什么都是细长的秆儿吗？"堂哥躺下，拿琴盖在腹部，一阵沉默，"就是为了方便人摘"。

"摘了不就死了吗？"

"只有热烈开放、开得最美的花才会被摘，这比凋零要美。"

"我知道了，就像蒲公英一样，我看到就想摘，然后吹散它，这样许多小蒲公英就可以飞很远。飞比凋零要美。"

正午阳光正大，堂哥低头坐在凳子上，眼睛急着躲进抓起的头发的阴影里。念青在旁边水泥地上继续画莲花。

"哥，你说为什么每个人都想摘花？"

堂哥纹丝不动，他继续被一种不可控的恐惧占据着，他对自己感到陌生。

"哥？"

喊声并没有惊扰他的思绪，"因为花就在那里……"

"只因为在那里，我们就必须要对它做什么吗？"

"或许是它让你这么做的……"

"你是说蒲公英秆儿长得细长，是为了方便被摘？"

"对！准是这样！"

听罢，念青兴奋地又跑又跳。

"哥，你看我画得好吗？"念青趴在堂哥的背上，手指地上的粉笔画。

"好看是好看，就是，哪里不太对。"堂哥盯着地上的工笔线条，每一条线都像绳索蜿蜒其中。接着他走进画里，脚拖地摩擦了几圈。

"你干什么呢，哥？你毁了我的画！全毁了！"念青拉住他的胳膊。

"这就对了！舒服多了！"堂哥展颜一笑。

"感谢我吧！"

4

上学前，家里唯一与书相关的，是厕用纸。她在父亲精于煤品分析的话术中，在母亲将时令养生纳入北方厚味的日常三餐里，都没有察觉到书的存在。那书到底是什么？为什么它离未知那么近又那么远？

念青看着眼前的新书，每一页都发着白光，在那里，一定有另外的世界，空间无限小又无限大，没有时间，像穿梭之门。在她的想象里，有一个地方由藏书砌成，可通往各个宇宙。不久以后，她就见到了这样的——

"念念，出来玩！"楼下喊了三遍后，母亲便骂了回去。

"别喊了！不嫌烦吗！"念青接过骂战。

"叫你多少次了！走啊！去扫荡啊！蜂群召唤你！"

"干什么去？"

"过家家？丢沙包？要不去看路南新来的疯子？说不定还能拿石头砸他！"说完，几个伙伴放声大笑，一副天赋神权的样子。

"你还小，善良点吧，这样多少能让无知的你看上去没那么愚蠢！"

"你什么意思？你说我蠢吗？还是什么？"

恰当的暴揍能让一个少年开蒙，反之，叫"制造"，交付标准化产品。第二天，当语文老师把念青调到隔壁班上课时，大家不仅被她"非标准化工艺"的绷带左臂所吸引，还对随之而来的特权气息议论纷纷。在一阵明显的嘈杂后，校长带领听课老师纷纷进入教室，落座最后一排。

语文老师讲完文言文版的《狼》后，让念青用白话文复述，精彩、流畅。又找了后排一位男同学讲述，灵活、幽默，逗得大家合不拢嘴。当老师问大家哪位同学表现更好时，这位男同学大喊："柳念青！老师，我能不能搬过去坐？"全班一阵嘘笑，包括听课老师中的一位。

念青转头："丛宇珀！"

当我们回忆往事时，总有些散落的神经脉冲，像不经意扬起的灰尘一样到处乱飞。而他，就属于这片迷雾。

她不记得从几年级开始对他有印象，只记得他像猴子一般上蹿下跳，搞得班里乌烟瘴气。是这些"表演"让她注意到他的吗？是，也不全是。她的确接收到了来自他某种带电又编码的信号，他们不开口，就是直接从一个身体丢进另一个身体，有时只是靠近，都会因为双方磁感线的交集而兴奋不已。

于是，他们在课上交头接耳的嘈杂中、在与别人论题的唇枪舌剑里、在体育课上男女对抗的跑步中、在放学后审视今天谁值日的班表上，都会寻找对方的踪影。

很长的一段时间，他的每一段夸张的肢体表演和有效的玩笑都会用眼神发送到她这里，直到他的新同桌用拳头把他"制服"。他不再回头或者斜睨，而是用一声声惨叫回应着同桌女生的暴力。

"这让他分心了？他在另一个女生的拳头下找到了归属感？"念青莫名地伤感，尤其是老师把她调到了他的后一排——曾经梦想的位置。

或许，她的梦想应该是他的同桌，可当初为什么没想到呢？

他们甚至都不说话了，一直到学期末。她来不及审视这段经历，在巨大的脑雾中，这曾经是唯一一件让她感到真实的东西。可结局又被编织进这片迷雾，等再"看到"他时，念青已经成为学霸。

"又是第二名？你是怎么做到的？"丛宇珀出现在看成绩榜单的念青背后。

"什么怎么做到的？退步的事还用请教我？"

"唉！我可是进榜了这次，你看，往后看——"丛宇珀指着红榜后部的一个人名，"你笑什么？"

"我从不往后看。"

"行！下次，我让你往上看，必须经过我的名字，才会找到你。"

"有意思……"念青仍旧没有抬眼看他。

"为什么要这么做？"

"我想坐在你旁边。"

"什么意思？"

"像以前一样。"

"我不想。"念青转身离开。

其实当丛宇珀说出那句话后，他就赢了。之后的他就是西西弗斯①，巨石都不如他坚硬。他甚至因此高于

---

① 西西弗斯：1942年阿尔贝·加缪在散文《西西弗斯的神话》中，将西西弗斯视为人类生活荒谬性的人格化。但加缪得出的结论是，"人一定要想象西西弗斯的快乐"，"向着高处挣扎本身足以填满一个人的心灵"。

自己的命运，无关征服，只因一个柔软的可以击碎他的理由。

就像池塘等待涟漪，教室安静会让他如临大敌。如果他不朝"鲇鱼"扔纸团、不跟"松鸦"打暗号、不给桌洞的仓鼠喂花生，他就无法在人群密集的地方待住。正是这些举动，让他开拓了更广的罚站空间，他可以偷看上课的念青、假装课代表去办公室查看念青的试卷，更多的时候他就坐在教室拐弯处的台阶上若有所思。

回到教室，他就从每门课练习册的最后一题开始学习。逆向的拆解极大地容纳了他的想象力，就像一场伟大而隐秘的冒险，他把船开上了万物之海、水晶之域、天空之上、无人之境——

生物课上，老师放完电影《侏罗纪公园》中的片段作为引子开始串课："电影中科学家利用凝结在琥珀中的史前蚊子体内的恐龙血液提取出恐龙的遗传基因，将已绝迹6500万年的史前庞然大物复生，所以遗传基因到底有……"

"老师？"丛宇珀打断了生物老师，"我不明白，这里的遗传基因是指完整的 DNA 信息吗？"

"不是啊，电影里不是说了吗？提取的基因残片，然后用青蛙的基因序列修复还原出的霸王龙的完整基因。"

"问题在于这些基因残片是不是还有活性？琥珀形成初期的温度，酸性环境以及提取DNA序列片段时PCR实验是否有对照组，这些是否会造成再次污染？更重要的是DNA的半衰期①只有521年，680万年DNA的化学键会全部断裂，更不用说这6500万年的……"

"丛宇珀，你先坐下，我们课后讨论——"

"丛宇珀，你出去！"

化学课上，老师在黑板上写下"钙"字，让同学们在元素周期表中寻找这个金属元素。

"钙，大家都不陌生。我们人体以及地球上所有动物的骨骼主要就是钙化物。"

"老师，我稍微提醒一下，鳞角腹足蜗牛的壳也就是它的外骨骼是铁制的。"丛宇珀说完，教室里一阵沉默。

"所以你要提醒我上的是生物课？"同学们哄堂大笑。

---

① 半衰期：指原子核有半数发生衰变时所需要的时间。

　　"那你告诉我，为什么，鳞角腹足蜗牛的外骨骼是铁制的，而人类的骨骼是钙而不是钢筋铁骨？"

　　丛宇珀当即起身，"同学们，这是个有意思的问题。你们知道吗？我们人体和宇宙的化学组成元素是一样的，对吧老师？"没等化学老师回应，"这说明什么？同学们？！我们跟宇宙万物没什么区别啊，人和动物、植物都是元素周期表中前十几位元素组成的，鱼、牛、鸡你们还下得去嘴吗？"

　　"说重点！"化学老师抿着嘴打断。

　　"众所周知！在地壳中钙的含量并不是最多的金属元素，铁和铝的含量都比它多，同时钙也不是人体唯一应用的金属材料——我们的身体充满各种金属。但是，动物就是偏偏选择了钙作为防御和支撑结构的材料，是不是很有意思。很多人可能都认为我们的骨骼很脆弱，所以希望打造一个钢铁骨骼，像金刚狼那样！其实，钙化合物作为骨骼可以是非常强大的，如果骨骼像钢铁一样致密，那么它会比钢铁坚固很多，有人测算过，人骨的强度至少是钢铁的五倍。之所以骨骼会被钢铁击碎，其实原因就在于骨骼并不是完全致密的，它是由管状、中空的结构组成——"

黑板上画着一个九宫格、一个十六宫格。九宫格旁边标注：用从 –3 到 5 九个自然数补全方格，使每行、每列、两条对角线上的三个数的和相等。丛宇珀在座位上跷脚以待，"谁要破解出来，我包他一个夏天的冰棍儿！"

"那如果破解出十六宫格呢？""松鸦"不怀好意地发问。

"松鸦，你如果破解出来，我就发你一个神灯，你使劲摩擦，我满足你三个愿望。"丛宇珀话里有话，细长的单眼皮闪烁着狡黠的光。

"不用三个，一个就够了！"

"什么愿望？"

"我要你当着全校师生的面表白柳念青！敢不敢？""松鸦"的话，成功消解了丛宇珀的从容。

"那我还能改一下题目不？后悔出得仓促了。"

"那不行，全班同学为证！"

"好！不改就不改！你的实力最好能配得上你的叫嚣啊！"

"同学们！为了一出好戏，加油啊，一起！撸起袖子干啊！""松鸦"的鼓动像粗眼筛子，却没漏掉班上任何一个局外人。大家整齐划一、出谋划策，朝着人性中那个舒适的八卦维度挺进。班主任在窗外看到后，也在心里演算。

数学课上，老师一转头写板书，载着答案的纸团就从四面八方扔向丛宇珀，他像庙里的玄武一般，被一个个硬币砸中祈愿。

"丛宇珀，你出去！"丛宇珀摇着头，抓了一把桌上的纸团，边看边走出教室。

每次被罚站，念青都能从窗户瞭到他。以前，丛宇珀总是盯着她的方向，慢慢地，她感觉不到这种注视了。等她回看的时候，丛宇珀却欣喜地看着天空、房顶，抑或是空气，总之，他被一种新的渴望攫取了。

念青在纸上把九宫格的最后一个数字填进去，红笔把4、9、5、1、6和8、3、5、7、2分别连起来，一个"万字符"跃然纸上。

发榜的日子，念青开始往下看，依旧没有找到他的名字。当数学老师讲试卷的最后一道大题时，念青发现自己的答案被改过。

"最后这道题，我要尤其表扬一位同学，全年级只有两个同学做对。其中一个就在咱们班——柳念青。"

数学老师走到念青身边，用手轻轻地点着旁边的一个四阶幻方，小声说："幻方解得精彩，不过下次，完成卷面题就行了。"

念青看着这个在题目之外的小巧精致的十六宫格，每一格用铅笔填上了 16、2、3、13；5、7、6、8；9、11、10、12；4、14、15、13。

念青好像突然明白了什么。下课后，她把试卷不断对折，直到变成一个紧凑的"拍四角"，揣进了口袋。当她来到丛宇珀的教室时，看到班主任带他离开的背影。"丛宇珀，偷溜进办公室改试卷，被开除了。"同学们议论纷纷。

丛宇珀从远处看到了念青，跟老师请示后折返回来，对着念青的耳朵说了一句话，就开心地跑了。那是他们的最后一面，直到多年后的每一天，那都是。

她甚至怀疑，他是否真的存在过。

念青正在听课，后桌有人拍她的肩膀，耳边传来："你猜，还有谁做对了最后一题？"她听出是他的声音，像小时候那样。念青未转头，泪水打湿了她的上衣，一直流到下身，从两条大腿上蜿蜒而出，她发觉自己半身已在沼泽中——

念青吓得一惊，初潮经血染红了她的腿，"啊——！"

母亲端了一碗醪糟鸡蛋汤进来。"喝了这个，对你身体好。肚子疼不疼？腰呢？"念青摇摇头。"来月经说明你长大了。"

"我早就长大了。"

"这不一样。以后每个月月经都会来一次，一次来个三五天，这三五天要少运动少吃寒凉，因为你的子宫每个月都会在内膜上铺床，如果这个月没什么情况，她就把床铺全部翻新扔掉，以经血的形式排出体外。看看，多讲究！你妈从来就没三五天换过一次床铺！"

"往简单了说，这东西其实跟奶水、醪糟汤都是一种东西。快，喝了吧，凉了不好喝。"念青看着母亲的背影，突然心生崇敬。

她看看窗外的鸟群，轻盈流畅，在蓝红天光下展翅飞翔，接收风带来的信息。"对对，现在啊大家都在室内上班，很少能晒到夕阳的红光，你用这个治疗仪试试，可以消炎杀菌的，蓝色还能嫩肤，橙色……"对面美容店传来一阵营销说辞。或许群鸟无意展示鸿鹄之志，只是维持基本的生命活动。

"那个丛宇珀直接被开除了？"张老师扒开看节目的人群，找到班主任陈老师。

"这种事情是底线，坚决杜绝！我看他平时就眼神淡漠，纪律松散。当然，除了见到我们班柳念青的时候！所以，多亏了你，张老师，及时发现！要不我们班学霸的成绩肯定被他影响了！好！"

张老师给正在台上朗诵的念青鼓掌。

"你是想班级评优靠柳念青拼一把吧！不过，这处罚是不是有点过了？唉，我这多嘴！"张鹤鸣故意强调了后几个字。

"千万不要，张老师！当然，您也不用放心上，那样的学生迟早拖他们班级后腿！张老师，我们的初衷都一样，都要保护学习好的同学，尤其是女同学，对吧？这个年龄段可不能冒风险！我为了让我们班念青三年保持年级前两名，也是煞费苦心啊，不能让那小子给我搅黄了！"

张老师对身边的学生说："去调音台反映一下，咱们话筒声音有点小。"

"您真是用心良苦啊！有陈老师这样的班主任，还愁没有好成绩？我看今年的优秀班级又是您的了！这不明摆着吗，才学双全啊！"说完，两位老师一起看向舞台中央。

"这里面也少不了张老师您的功劳啊！自从您来后，上课氛围特别好，就说念青吧，进步特别明显！"

"我调整她那个发音调了很久！以前说的那蒜味英语……还有那语感、语法。"

"是是，我都知道，这不我也是疏通了好多关系，协调到您来我们班。您就放心吧，一个班有一个像念青这样的小丫头，整个班学习氛围就会特别好！您瞧好！"说完，陈老师老谋深算地笑了一声，张老师甚至兴奋地搓起手来。

张老师，本名张鹤鸣，原是市重点高中的英语老师，因常在英语核心周刊上发表文章，成为周刊的编委之一，也因此结识同是编委的女友王兰，为了她，从市重点高中来到了煤矿办事处中学执教，也就是念青现在的学校。

学校为了留住年轻的老师，在学校旁盖了教师楼，张鹤鸣和爱人也分了一套婚房，好事将近。就在此时，也迎来了他们教学负担最重的一届毕业生，加上王兰老师因为业务能力突出，时常被借调到市委教研组工作，他们的婚期被迫延迟。

那是国庆节的前一个星期，各班班主任都忙着为祖国献节目。办公楼二层的墙漆掉了，工人们刮老墙皮发出的刺啦声让人莫名烦躁。在忍了一个小时后，被试卷埋没的张老师，扔下红字笔，夺门而出，刚好与急着进门的柳念青撞个满怀。柳念青一把抓住张老师，才免于踉跄。

"抱歉，老师。"

张老师几乎要破口大骂，眼镜不体面地横斜在鼻梁上。

"张老师，抱歉啊。念青，过来看看这个朗诵稿！"陈老师一笔带过。

"今天是您的生日，

我的中国。

我衷心地祝福您，

我的中国……"

陈老师盯着低头朗诵的念青，感叹于她在这些平淡字眼里缫捻①的深情，连张老师改题判分的笔也耽于其中。

下弦月子时才露头，张老师改完作业，移步窗前。月光如炬，点燃他的烟，他瞅了瞅陈老师的办公桌，月光夹了微尘照亮桌上的那叠试卷。他走近，在其中找到了她的名字，字体没有练过，每个笔画都松弛有序。

同龄人中，她个头并不算高，座位没跌出第三排，邻位没出现过一个男生。老师台下讲课时，手指时常摁在她的桌角上，留下的粉笔印，像极了电子围栏的开关。

新来的张鹤鸣老师却不同，他手指修长白净、指甲方圆、半月白清朗、甲周无倒刺，手背青筋隐伏。用完粉笔后先拿湿巾擦净，然后抹上润肤霜。一节课下来，像燃了一株太阳樱香。

但当你认为已经认识了张老师，他那双躲在茶色眼镜下的狡黠却不同意。虽然看不清他的眼神，但从大

---

① 缫捻："缫"，一种煮茧抽丝的过程。"捻"，作搓捻。此处形容从每个词中提取出的对祖国的深情。

部分的面部表情可以察觉他是友善的，尤其是对自己的课代表。英语课代表大眼细眉、肤紧唇匀、笑起来脸像一个对称的桃心。可自从她开始对着班上另一位男同学笑后，张老师就介意起了英语课代表英语成绩却不好的事实。

张鹤鸣从套装里拿出锉刀打磨指甲，沙发旁放着一双红色棉袜。手机振动起来，屏上是"老婆大人"的字样。他看了眼，并不打算理会。他盯着镜子里的自己，检查了下浓密的发际线和明显的下颌缘，摸了摸自己翕张且唇线分明的嘴唇和上下游移的喉结，点上了一支烟。叼着烟，穿起红袜子，掏出口袋里的两块香皂，穿上香喷喷的大衣出了门。

"张老师，出门啊？"邻居拿着菜篮子从楼上下来，带着小孙女。

"今天休息，去看看张兰。"张鹤鸣边说边捏捏小女孩的脸蛋。他看了看表，三点四十分，学生陆续从校园走出来，他往巷子里撤了撤，掏出一副白手套戴上。

她骑了一辆桃红色的变速自行车，上面有白色的圆点，黑色的车前筐放着她的书包。

与同行人相比，她的座位更高，到车镫子的距离更远，两点之间的腿更修长。尤其是每周三的今天，她又穿上了踩脚式紧身裤。她不曾错过"时尚"，或许这些嗅觉来自她的母亲，但把她衬托得再好不过的，还是这件娃娃领白衬衫。

她的头发天生棕直，一刀切发型让她略带弧线的五官更均衡立体，头发流进锁骨，像落入银河。

她的手不大，不属于修长，但骨肉匀称，指甲薄圆，带些天然的法式留白。

那天风很静，路边有小孩子点树枝，刺刺啦啦的火光让孩子发出阵阵尖叫。念青在一座桥边跟朋友分别，独自拐进一个上坡路。她力量不错，在没有加速的情况下，骑上了半坡。

张鹤鸣一路小跑推车爬坡，在坡顶的地平线上，远远看到有人在等她。他们说了几句话，天空突然阴沉下来，两人一起同行离开。

张鹤鸣认识那个男生，就是在学校发起幻方挑战的丛宇珀。

风带着潮湿的心事向他砸来，他看了看走远的两个年轻的背影，把自行车掉了个头。雨很快就下了起来，地面并没有多少生气，一些杂尘见缝钻入鼻孔，让人喘不上气来。

张鹤鸣没有躲雨，他还在想柳念青有没有淋到雨，或者已经有人为她遮好了雨。雨开始打乱他的发型，白球鞋被串色的袜子染红。小卖店里，他胡乱地挑了件军绿色雨衣，进了一条林荫路。

以往，这条路上都是穿短裤跑步的人，急雨赶走了嘈杂。

5

"大姨，我来看您了！"说完，柳孝原先给堂屋的祖宗牌位上了三炷香，磕了头，从左胸内口袋里掏出来两个红纸包的钱卷塞进功德箱，晃了几下，钱卷才掉进去。

"大姨，天冷了，我妈叫我给您带羊肉饺子过来。她说您从小手脚冰冷，都是吃羊肉萝卜馅儿饺子补身子，我妈还加了点胡椒，我还把她说了一顿，怕您吃不惯这辛辣。"说着，柳孝原把用棉毛巾包裹的保温盒放在大姨旁边的台案上。

话还没落地，大姨"哇"一声哭了出来，说道："还是你妈心疼我，我们毕竟是亲姐妹。"

看大姨的眼色，柳孝原赶紧把盒子打开，垫着棉毛巾送到大姨手上。大姨吃了两个饺子，起身给祖先供奉了几个。

"还是那个味儿。好。这什么鲍参燕翅，肚子里的菌主儿不认，就认从自己妈嘴里送出来的那一口。所以这人不管走到哪儿，这胃肠永远被锁在家里，就这点你就走不远，翻不出。"

"大姨，你这么一说，我想起的都是那首《谁不说俺家乡好》……"柳孝原一边哼唱一边扶大姨坐下，听他有音无调，大姨被逗笑了。

"你这孩子！被你这么一唱，家乡都不美了。这种歌一响起来就是集结号，尘归尘、土归土，是山上那棵柿子树结出的柿子，砸到地上也能再回到那棵树上；是那块盐碱地长出的甜高粱、酿出的酒，你就风味醇厚、回味无穷。人又有什么不一样？"说完，大姨喝了一口茶，柳孝原把保温盒的盖子盖上。"大姨，要不说我总想上您这来。说来看您不假，我更愿意来听您说话"。

"你不嫌我唠叨就成。有什么事？说吧。"

"我丈母爹不是走了嘛，他有个公职优惠，买地可以优先。但是那块地吧太大，总价有点贵，我这正犹豫……"

"你给我看看位置和周边环境。"

"大姨，受累您给看看。"

大姨从善如流，吉卦一出，柳孝原当即买下整块土地。买了不出半年，那块地前的双线道马路竟拓宽成四线道，有位买主高价买下地皮，建了一所中医诊所。

小雪没有雪，残月留空，风不止。念青在虎柏寺的终点站下车，手里的保温盒包着毛线套。寺院坐北朝南，背倚宝覃峰，周围有九座高大的山峰呈马蹄形环护，而虎柏寺于其中犹玉兰之二乔。

坡不算陡，永定河谷的石头稚气未脱，圆磨着上山路。它们大小不一、浑然天成，有石英、玉髓，也有青石，偶有铁质较多的紫石。路两侧是随意凿制的水道，此时正有细流涓涓而下。行进中道，一群地质大学的学生围议一处寒武纪旋回地层剖面景观，再往上，右手坡下是方丈院，其间一株白身龙松破空而出，四季遒劲，圣意回旋。入口的古松亦是鹤颜展翅，宏大质朴。人以肉身穿梭，相形晦崇，恨不得赶紧焚香，以蚀己臭。念青搓了搓手背上的浮灰，进入了寺院。

寺庙矗立峰前，中央从前往后依次是天王殿、大雄宝殿和毗卢阁。适逢庙休，正殿均未开，难得一份清幽。念青绕过方鼎香炉，从门缝扒看天王殿殿中供奉的弥勒佛。不用细瞧，她仿佛得了一种重逢，那手间的绵圆、天生的欢喜圆融，让念青心中升起一股热流。

母亲从后面递过来三炷香，"别傻看，跟着我拜"。母亲接过饭盒，没法放到香案上，就挪到了跪榻前。念青紧随跪地，按照母亲的样子手执三炷香。

"是你爸让你来的吗？"

"不是，他不在家。"

"去哪了？"

"好像去大姨家了。"

香客虽少，但寺庙从来都是香境。四周环绕的雪松、文竹、丁香、玉兰、银杏、娑罗、榆槐，都自顾散发幽香。念青盯着手中明灭的香，味道直通腹脾，清透开醒。
"这种香不呛，闻着舒服。"

"这可是沉香，最好的佛香，都是我平时在寺院募集的。"念青看着母亲燃香、颂香。

有些孩子开始在树下丢食物引诱鸟来，念青看着银杏树和娑罗树上的鸟，有鸽子也有麻雀，还有几只警觉的戴胜 [①]。

一只鸽子飞到了观音像上。

这里的古树比庙外都粗壮遒劲。有些树不像树，似苍龙，麟体左旋，针芒如爪，攀缘而上。念青手扶树身，恐惊驭龙，一阵惊颤。松后是喇嘛白塔，须弥座、金刚身、覆钵肚，塔身开眼光门，十三天相轮砌成塔颈，塔刹上有日月轮和宝珠，下覆伞盖。

---

① 戴胜：外形独特，头顶五彩羽毛，尖长细窄的小嘴，错落有致的羽纹。在中国，戴胜鸟象征着祥和、美满、快乐。

第三章

混沌之死

1

郝进芳，在家排行老三，上面两个姐姐，下面一个弟弟。当她被柳孝原接走的时候，母亲因为孕吐都没有叮嘱两句。她不明白女人为什么要不停地生孩子，难道这是让性欲合理的唯一方式吗？在父母眼里，郝进芳甚至都没能承担起这个价值。

郝进芳转过头，暗自抹了抹眼泪，手向下摸了摸骑车的柳孝原："前面有片芦苇，拐进去。"

这成为一颗奇怪的种子种在了郝进芳的心里，伴随着求证的兴奋，在一次次点燃身体中长成大树。她不断地朝对方眼里、身体里放火，从未感到疲惫，直到她从寺里回来的那天下午。

她躺在次卧的单人床上，昏昏欲睡中看到自己张着嘴、打鼾，身体越升越高，温暖自由，直到看到远方有个亮球，身体开始下降，好像坐上了一辆飞车，后视镜上还有一些可爱贴纸撕掉的胶印。她感觉到车上有些不熟悉的味道，或者几何形状在干扰她，突然"啪"一声，一个巨大的泡泡破了，她立刻睁开了眼。她越来越喜欢这个逼仄的小屋了，关上门，就像她从没存在过。

郝进芳开着车，身上长出几个黑色的气洞，风穿过的时候，发出野兽的吼叫。照相的师傅一直让她睁开眼，她很努力地睁大眼睛，还是没有焦点。郝进芳怪照相的人技术不行，照相的人反驳她眼里有洞。光去哪了？像那个泡泡一样炸了吗？郝进芳不停地问自己。或者那就是孤独？甚至算不上孤独，是一种停顿吧，每个动作、每句话都变成一个结，直至封闭。

照片中的她，好像变硬了。庙里修行的师父可以三分钟不眨眼 ①，她猜想，佛祖的眼皮大概从来都不眨吧。

"妈妈，你在干什么？"郝进芳掐了一截芹菜梗儿撑住眼皮。

"我在练习不眨眼。"

"为什么要不眨眼？"儿子柳静笃也揪了一截。

"不眨眼，大脑就不会胡思乱想。"郝进芳眼白开始泛红。

"妈妈，你变成一个丑八怪了。快来照镜子！"

"不可能，我怎么可能是丑八怪！"

---

① 此处指禅修中的瞪眼禅修，"如果是凝视虚空的话，虚空之中会有很多的功德在……"

郝进芳从结婚后就不怎么照镜子了，每次照来照去，也看不到自己。看不到也没关系，心底里却暖洋洋的。

"妈妈，西西弗斯是谁？"

"一个反复推石头上山的人。"

"他是被困住了吗？"

"他被困在一种不自知的循环里，所以他是幸福的。"

"那你幸福吗？"

"当然。"

"那如果西西弗斯不喜欢推石头了，怎么办？"

"那将是他不幸的开始。"

她看了眼镜子，带着一种陌生的眼神，把没择完的芹菜扔进了垃圾桶。走着走着，脚飘了起来，瞳孔缩小，放射出一束没有散漫反射的冷光。"妈妈，妈妈——"眼前的男孩射出音网，把她以母亲的形式重新捕获。

她想起以前用"老公，老公"围猎柳孝原的日子。那时候，她刚嫁过来没多久，婆婆还一直跟她讲小儿子是怎么离不开她的事情。比如，其他儿子孝敬的果子、糕点，她都存着，因为她知道有个"小老鼠"鼻子灵、嘴巴馋，每天能来屋里好几趟。再比如，她让大儿子专门买了唱片机，时不时填补一些唱片，闷的时候她一放，那只"小老鼠"就往屋里蹿。

这时候，郝进芳就倒一壶开水，脱掉上衣，把头发浸入水中，抬起的时候热气从头发上冒出来，水珠从脖子流进胸窝。

"孝原，来帮我冲冲头发。"

柳孝原哼着歌、啃着吃了一半的苹果，拿水壶给她冲头发。一边冲，一边擦乱跑的水珠，脖颈儿、胸窝、后腰，甚至到了大腿根儿。

"老婆，你这头发又长又黑。"洗完头，像冲了个澡，从头到腰、从围炉到卧榻，郝进芳震颤得像个发面馒头。

她在院子里种了一棵石榴树，在石榴树旁扎了一个鸡栏，挨着鸡栏搭了个草秆泥坯炉，炉边堆着成山的柴火棍儿。傍晚时分，火光映面，饺子翻滚，芦花鸡跳起来啄石榴，"宝石"散落。儿子拿棍儿搭房子，女儿给母亲送白馍馍，适逢母亲痨病谩骂时，郝进芳就买上柳孝原最爱吃的卤猪肉、烙上葱油饼、打一碗西红柿香菜鸡蛋汤，等他大吃一顿后，坐下仰头就睡，连带做个美梦。那时候郝进芳白嫩强壮，把柳孝原拴在裤腰带上。

伴随着她腰带的紧紧松松，迎来柳老太林林密密的谩骂。随着骂名的远扬，郝进芳迎来了包括柳孝原在内的、附近所有男性的怜惜。讲来受辱是件好事，她三天学会针灸看穴、七天织出一件毛衣、十天让干枯的头发焕发新枝。她也不怎么吃东西，饿了就磨豆浆，困了就倒立，直到她听说柳老太摔跟头的时候，才慌忙出门，只是这次，老太摔进的是井里。

郝进芳走出大门，阳光刺眼，邻居也不同于往常。花二婶耳后多了一丝刘海，眼神向里屋顾盼；黑刘把注水的猪肉压在秤上，蹄舌耳肠无一幸免；货郎老陈看见一群小女孩从远处跑来，从货架上收起几副金镶玉的耳环；李家寡妇从婆家出来，擦掉留在高颧骨上的泪痕……

郝进芳脚步很轻，不料却惊动了整条街。大家像看到了明亮又刺眼的东西，花费了让人尴尬的时长才看清她。街尾那口井已经围满了人，柳老太的拐杖横亘在井口，衣服包着半边脸漂荡在水中。郝进芳从自动分开的走道里靠近井边，弯腰朝里看，吓得噤了声。那种柔弱在她肤白臀圆的嘲笑中，逐渐找不到原因，近乎众人对死者的哀叹。

她确实被某些注视分了心，只要她稍微扭动身体，就会让一阵闲言翻腾。这种起伏流淌在她被众人目光一遍遍雕刻的身体曲线上，渐渐大过了事故本身。她不该就这么出门，光在黑暗里是刀锋，也是罪恶。

"还不叫人把老太太送回去！在水里泡着，死相多难看！这就是不孝！活着的时候不小心伺候，到这时候装样子给谁看啊！"一位丝毫没有被岁月纵容的女人小声嘀咕着，"她哪有心思在老太太身上。"

"那她心思在哪？"旁边的花二婶回应。

"她心思可一点都没浪费在别人身上，连孩子都给支开到老太太房里了，我住得近，我跟你说——"女人凑近花二婶说悄悄话，表情里闪着暗谑。

"我有手机，要不我给孝原打个电话？"人群里一位男士首先伸出了援手，花二婶对他使了个狠眼色。

"不用，我刚才已经给柳家兄弟打了，他们正赶过来。"另一位男士在合理的时机向前走了一步，"别太伤心了，剩下的事情让男人来处理吧，四奶奶走得突然，是个意外，该怎么办怎么办，需要帮忙随时喊我！"这位男士刚要去拉跪在井边的郝进芳，柳家大哥惊呼着拨开了他的手。

"妈！妈！我的母亲啊——快点搭把手捞出来啊，我的老母亲啊——"柳家大哥张罗大伙帮忙捞人。

"快！找根绳子，把我绑着放下去！那谁，那个不孝子，柳孝原呢？去哪了？整天的忙啥呢！自己的老娘都管没了！"

人群在乌泱中化成一团黑雾，还伸出了舌头，垂眉耷眼地盯着郝进芳，一边叫一边摇尾巴。你躲避，它就追上去；你直面，它就趴在你脚下。"这会柳孝原不定在哪逍遥呢，呵呵呵……"郝进芳听到人群里的狗叫声越来越大，还看到黑狗在咬柳氏的头。

"把那树锯了腾地方！"柳孝原张罗丧事，一些白布匹、白布鞋、麻绳和桃木木棍儿被分批运进院子里。

一个小伙砍了石榴树的分枝，然后锯了整株树。柳静笃从旁扯下一个半大石榴，吃里面半红不红的石榴籽，酸得他直流眼泪。

"傻子，难吃吧？"柳孝原看笑话地说，周围人一阵喧嚣。

"早该砍掉！回头我给你买，外面买的好吃！"

出丧的物料一到，就不断有人来家里挑选丧服。按照亲疏，每人领一件粗麻衣、一双白布鞋、一条扎腰的麻绳，还有仅限直系和侄系家眷的桃木拐杖。

"是我先挑的这根拐杖，还给我！"

"我随便从地上拿的，怎么成你的了？"

"我是先放在脚边，跟我新选的比一比！"

"拐杖还挑来挑去，你当赶集呢？"

"你从我脚底下抽出来的！这叫抢！"

"抢这个？我真闲得！不过打你，我倒是挺愿意！"

两个不知哪来的亲戚厮打起来，被打的人哭、起哄的人笑、女人无视、小孩乱跳、乘马班如①、冥礼开朝，一声腹鸣之悲由长号呐出，两行引痛之泪在短锁流淌，鼓点叮咚，人生错落，离人悲，幺儿笑，混沌一生号、锁、铙，曲终人散，魄魂地天，一缕青烟永流转，几方残石没草间，空空树，摇曳坟前。

---

① 古时计物，以四为乘，故"乘马"即为四匹马。乘马班如即四匹马儿排列整齐，班然有序之意。

郝进芳仔细挑了根粗细合手的桃木给儿子柳静笃：
"拿着！"

"妈，我不要这个，这个有裂纹。"

"这个好，被雷劈过，能辟邪。"

"啥是辟邪？"

"能打鬼。拿着！"

"鬼在哪？"

"鬼比人多，尤其现在。鬼是神，也是人，只是生活的地方不一样，有的在天上，有的在地下，有的在我们身边。"

"妈妈，我害怕。"

"静笃，我问你，桃树上结的什么果？"

"桃子。"

"对，你爱吃的桃子，凉凉的、脆脆的、可甜。凡是种桃子的地方都很凉快，那些小鬼啊，也喜欢凉快的地方。但是，它们却不敢靠近桃树，更不敢偷吃桃子。"

"那是为什么啊？"

"因为啊，火热的天雷最喜欢往凉快的地方跑。那些鬼怕被劈死！"

"鬼不是本来就死了吗？"

"你看不见它们，不代表它们不存在，对不对？你看不见空气和风，它们在不在呢？鬼怕雷火，能让它们灰飞烟灭。所以，这个桃木棍是不是很神奇？"

"妈妈，快给我，我的金箍棒，我可以保护你。"

柳静笃如获至宝，耍着棍棒，在人群中找鬼打。

"老爹，站住，吃我一棍！"

"猴崽子，一边去，别添乱。"

"怕不怕我的降妖除魔棍？说，你的同伙在哪？"柳静笃被柳孝原踢出人群，一个趔趄，扑进大伯怀里。

"干什么？吓唬孩子！"说着大哥抬脚回找柳孝原。

"我问你，年前给老太太吃的那祛痰的汤药是什么？"说完，大哥咳了两声。

"给我弄点，我这嗓子，咳咳……"

"抽烟抽的吧，那你问静笃她妈吧，她请的方。"

2

庙里百年树龄的皂荚正值果期，长荚果垂帘而下，长势喜人。这是郝进芳自八月份给它浇完腐牛粪后第一次过来。她绑了两根竹竿，小心地去够树上的荚果。两次试探后，因为力量不足，竹竿有倾倒的趋势。

"小心！"大哥从后面支住了郝进芳。"我来吧！"

大哥把手里的塑料袋放在地上，几个柿子跑了出来。他接过竹竿，挂住皂角，扭转了两下，一颗新月形的皂角就掉了下来。

"大哥，庙里一周只让采一颗。"郝进芳捡起棕褐色的皂荚，拍了拍，"我家里还有四五颗，回头我加点红枣，磨好了给你送去。"

"你想得周到，知道我胃不好，特意加红枣。"

"孝原交代的，再说，给这棵树上的牛粪还是从你厂里拉来的。"

"随时去，管够，你那菜园不是也需要吗？去拉！"

两人看着手里的皂角，长有三十多厘米，周身黑棕，刚才摔裂的地方渗出黄色黏液。

"没想到这皂荚还能有这功效，还是你聪慧。"

"我也是听大姨给人看病的时候说的，皂荚丸能祛痰通窍，所以给妈做了些。"

"你对咱妈没话说，咱妈对你就，唉——"

"别这么说，大哥，孝原对我挺好的……"

郝进芳好像听到了两声黑狗的叫声，吓了一跳。

"你没事吧？那个，柿子下来了，霜降后采的，我用温水脱过涩了，可以直接吃。"

"柿子太甜，我也不大爱吃。"

"吃点柿子好，有营养，你看这柿子皮跟皂荚一样硬，长在穷山恶石中，还能结出果反哺生灵，这果得多有营养。"

说着，他把果子拢进袋子里，递给郝进芳。

郝进芳把晒好后泡发的皂角米，放进锅里煮，小火、搅动，旁边放着洗好的枸杞子。

柳静笃把一块黑色的金属板通上电，随意往上撒沙子，当他把振动频率调成 345 赫兹的时候，金属板上的沙子出现了有规则的图案，像一个四芒星；当他继续调整振动频率到 1033 赫兹时，铁板上出现了八个小圆围绕一个大圆的图案；他继续调整到 1820 赫兹、2041 赫兹、3835 赫兹，都出现更加复杂的曲线和图案，真是让人惊喜的实验！

"妈！快看，我发现麦田怪圈的秘密了！就是这么制作的，靠振幅、振频，当然还有电能之类的能量！"

郝进芳着急把枸杞子放进锅里，一刻也不忘搅拌，皂角米变得粘稠。

"什么麦田圈？这些沙子怎么还跟人似的了，学会站队了！"

"我们人能听到的声频，就是这些形状的！"

"越说我越听不懂了，跟你爸说吧！"

柳孝原洗完澡出来，把运动服扔进洗衣盆："一起洗了，多搓搓领子。"

"爸，你以前自己做的收音机呢？我想玩一下！"

"静笃，头发该剪剪了，十几岁的小伙子，也不知道要好。"

柳孝原站在镜子前，切了半块柠檬，挤出柠檬汁滴到洗面奶上，洗脸后泵水雾喷全脸，轻拍吸收后靠手温乳化面霜涂抹面颈。他用低温暖风吹干稀疏的毛发，然后把右边的长发精确地往左拨弄，以覆盖住秃顶。他的脸因长久的日晒导致一部分黑红，另一部分往黄白过渡；额头因发际线的消失而饱满高耸，又因下巴的尖长，险求三庭均衡；鼻如悬胆，嘴阔唇厚，牙齿明媚，有脸无头。他全然信奉着镜面的反馈，积极调整，正面评价，直到他认为自己一表人才、青春永驻。

"爸，你在干吗呢？你听到我说的了吗？"柳孝原刚学了一套面肌固守之术，闭嘴转舌，扶额眦目，好不狰狞！

郝进芳撒了两勺三七粉到皂角米羹中，又倒了点牛奶，放在桌角。然后收拾脏衣篮中的衣服，手洗运动服衣领后，也扔进洗衣机。

"妈妈，你给我找找那个收音机！"

"在你姐那堆书后面的盒子里，你找找！"

柳孝原把袜子和内衣也扔过来："差点忘了，这俩分开手洗啊。我那件黑色条纹衬衣上的袖扣帮我换了吗？我一会儿出门要穿。"

"换哪对？"

"你没换啊！我早上走的时候不是特意跟你强调了

嘛，你忙什么呢这大半天！"

"妈，我姐放这的书和试卷呢？"

"卖了！"郝进芳眼睛没有离开柳孝原，也没有任何要忙碌的迹象。

"你惨了！妈，竟然敢卖我姐的书！"

柳孝原挑了件纯白衬衣，扣好袖标，脸与镜子越贴越近，最后粘在了镜子上。一只苍蝇飞进米羹，没挣扎多久便深陷其中。

郝进芳回吸了几口气，差点呛到，像那只苍蝇刚从一片黏腻中逃生。果盘里新买的石榴娇艳欲滴。

中午的云压得很低，加上一点尘雾，只够得上一个月夜的流明，郝进芳迷失在走了二十多年的小路上。

以前，未来的路伸到脚下，现在周围一片混沌，只有不断走探，才有方寸被照亮。五官失意，回忆涌来，想象力在她肩胛翼动。记得小时候，母亲带她和弟弟去户外捡柴，无暇照料，就挖两个坑把他们"种"在地里。刚开始她倒乐于掩埋，在弟弟表现出对土的恐惧后，她有些焦躁不安，一位过路的老头停了下来。

"我给你们讲个故事吧。"弟弟并没有停下挣扎和哭泣，身后有一团黑影。

"南海有个大帝叫'倏'，北海有个大帝叫'忽'，中央有个大帝叫'浑沌'①。倏与忽常常在浑沌帝这里玩，浑沌十分好客。倏和忽在一起商量报答浑沌厚重的恩情，就说：'人人都有眼、耳、口、鼻七个窍孔，用来看、听、吃和呼吸，唯独浑沌没有，我们试着为他凿开七窍吧。'他们每天凿出一个孔窍，凿了七天浑沌死了。"

说完，弟弟吓得更挣扎，哭得更厉害，母亲闻声过来把老头痛骂了一顿，哄走了他。"你个老东西，胡咧咧什么！看把我儿吓得！"

老头边离开边对着弟弟笑："别怕，我赶跑它了！"

"可怜的小孩，被一个老头吓哭了。"

"不是，是黑狗。"

"哪里有黑狗？你看见了还是听见了？"

"就是有，速度很快。"

"对，是有的，我经常听到狗叫的声音。"郝进芳

---

① 又名"浑沌凿窍"，故事源于《庄子·应帝王》。

看到一个巨型塑料球从远处滚来，她伸手阻止，身体却嵌入其中，连同滚去。她听到很多人在后面推搡的声音，有些还很熟悉。

那狗叫的声音来自一条狭长的窄巷，彼时此刻，她手拿菱角站在巷口，巷中的狗也瞋目磨齿，伺机而动。没错，整整有五条狗在追她，临近巷尾，她抛出了手里的菱角，在一段优美的空中滑行后，菱角掉在地上，裹进一层泥淖中。

可，事情本不是这样。她明明记得，那时候大家都还年轻，柳孝原从楼上给她扔菱角，她不停地笑，不停地问："这是什么？你在扔什么呀？"

"静笃妈！你也在这喝酸辣汤啊！"郝进芳像惊起的飞鸟，被拽回了现实。

"大哥。"

"酸辣汤是好东西，你让孝原给我送的皂荚丸也是好东西，你看！这不沾边的酸和辣竟然能调和到一块去。"大哥挖了一勺白胡椒粉撒进碗里，"这汤酸多不辣，给你加点？"

"不了，大哥，我喜欢酸。"

"酸多伤肝，辣能制酸，加点辣这碗汤才均衡适口。人也一样，一个家也不能只出不进，毕竟是个封闭环境，一少人，就等于多出些个不稳定的因素，得有人压着点才行。"

"大哥，我没听懂。"

"我就说那个道理。回头让静笃来吃饭，我给他炖牛肉。"

柳静笃把一瓶碘伏放进背包，往鼻子喷了一点布地奈德①，戴上了口罩。他拔下连接自行车的充电线，戴上从安全帽里伸出的耳机，按下启动键。

"你知道去大伯家牧场的路吗？抓点紧，凯撒（狗的名字）的鼻子好像肿得很厉害。"

柳静笃想象着狗子变方的下巴，忍俊不禁，不知不觉中加快了速度。那是离城区五六公里的林间平地，首先迎接路人的是一片由菊苣、紫花苜蓿和苣荬菜组成主

---

① 布地奈德：是一种糖皮质激素，具有抗炎、抗过敏等作用，鼻喷雾剂适用于过敏性鼻炎。

126

牧草区，远处还有几片营养价值次之的巨菌草和象草种植区，靠近牧场西缘有几个篷仓，堆满干草。进入牧场的路边停着一辆大巴车，拉着"红果小学牧业生态环养游学小组"的横幅。

一进入牧场，静笃就被一群孩子的惊呼声和牲畜的努劲儿声给吸引住了。只见一群孩子团团围住一个牛栏，屏气凝神，观看一头母牛生产。一个三十几岁模样的女教师高坐在围栏上的一个圆平木墩上，配合讲解整个过程。

"现在进入母牛的第一产程，母牛的生殖道会排出一些分泌物润滑产道，利于小牛产出。"

"老师，小牛一会儿会伸头出来吗？"

"事实上，小牛会先伸出它的两只前蹄，接着饲养员会用助产器拉住小牛的腿，帮助它产出，大家快看！"

围栏中央，正在生产的母牛脖子卡在围栏中，在一阵努力后，包裹蹄部的羊膜破裂，流出白色的羊水，小牛也顺势伸出前蹄。助产员把链索绑在蹄部，向外拉扯并用戴手套的手伸进产道纠正产位。随着一阵近乎残忍的惊呼，小牛重重地掉在了地上，像一个腹瘪的皮囊，不断抬起头，望向自己的母亲。

助产士给它擦拭身上的黏液和羊水。"老师，小牛要站起来了！"一个脸上都是贴纸的小孩指着说。

"是的，它要去喝奶了。不像人类，小牛生下来很快就能站立，一方面是因为他们在自然环境面临很多生存危险，需要尽快跑起来；另一方面的秘密在于它们的母乳，也就是我们喝的牛奶，非常有营养，喝牛乳的小牛不但很快就能站起来、跑起来，还能在三个月内增重六十斤左右。所以，小朋友们想强壮喝牛奶是不是很重要？但是，牛奶偏凉，所以也不能喝太多。好，同学们，观摩到此结束了，去哞哞屋领牛奶吧！"

柳静笃从孩子群中穿过，看到大伯在前方朝他挥手。"快来，静笃！我建农场后，你是第一次来这吧，我先处理下凯撒的伤，再给你介绍。"

大伯把静笃引进内屋，在一片落地窗的阳光里，一只柴犬趴在麻布垫上。它的右脸已经不对称地肿了起来，像半块化掉的奶酪耷拉着。大伯给柴犬戴上耻辱圈，拔出脸上的刺，涂了些碘伏，然后给它注射了地塞米松，又喂了颗痛立定。

"柳工,那边二十二号急性瘤胃炎又犯了!"

"马上停止喂食!"大伯急忙跑到二十二号棚区,里面有几只瘤胃穿孔的牛,"给它喂点米汤,把解痉挛的药拿来,然后给兽医打电话。"

"这只牛背上为什么有洞?"

"牛,有四个胃,有洞的这个位置是牛的第一胃叫瘤胃,是专门分解牧草高纤维的发酵罐,里面有很多厌氧菌可以转化牧草中的营养成分。"

柳静笃看着工人的手在瘤胃中进进出出,想起小牛像皮囊一样被生出来的样子,仿佛看到了自己。

走的时候,他车上挂了两大袋牛奶,还有一条牛里脊。"静笃,今天事情太多,下次再留你吃饭。把这个牛里脊拿上,自己养的牛,肉质好。你看,虽然牛吃的是草,但是通过强大的消化吸收能力也能充分吸收饲料中的营养成分。老话讲的,脾主肉,这四胃一体,那肉质能不好?!"

一间紧挨市委办公楼的平房,开着圆拱门,本来是计生教育宣传室,后改建成办公室。进门后有条红砖小径直通屋内，两旁种满红双喜，这种外瓣桃红色、内瓣杏黄色的复色玫瑰，除了招蜂引蝶外，还与这份工作相映成趣。从办公室出来的小伙子拿着一份调查问卷和一盒计生用品，也忍不住夸赞："哎哟喂，这花儿真漂亮！"

女同事把计生用品摆整齐，重新锁上柜子，柜子旁是几个工作人员以及郝进芳那张僵硬的脸。"这力度不行啊，咱都宣传几个月了，没几个人过来领啊，总不能让我们挨家去发吧！"

"我看要不这样，咱回头下班的时候每个人往家带几盒。"另一个女同事声音越压越低，眼神不住地笼络大家。

"我要！给孩子当气球玩。"

郝进芳的桌上堆了很多空白问卷，她做完一套后，看院子起了风。一个塑料袋挂在花枝间，风充盈着它，发出充实饱满的吱吱声，让花瓣都加速了绽放。同事扔了两盒安全套给她，吓她一跳，发现门外的塑料袋变成了一个个鼓起来的安全套，任风吹操。她急忙收进包里，门外那个塑料袋，飞进了空中。

"这些问卷都要填完吗？"

"不填就得一家家去发，回头还要催填，还要收。一个星期绝对完不成。"

"那我们少填一部分不行吗？"

"不填的那部分怎么处理？"

"当然是碎掉！不可能让空白卷存在！"

郝进芳笔尖悬在空中，对抗着来自空白本身的压迫，好像每一处都是幽深的洞。

柳静笃小心平衡着车把上的肉与奶，望见父亲的车已停在门口。临街的近亲胡一水叫住了他，手里摆弄着什么。

"弟弟，弟弟，放学回来了啊？"

他一身面尘，眼睛睁得很大，眉毛细密高挑，在等待回应中纹丝不动。"弟弟，你放学啦？"他又问了一遍，柳静笃点了点头，把车头绕开他。

"弟弟，我想喝奶！"说着，就想拿走挂在车把上的牛奶，"你家有奶，这个给我喝。"柳静笃把住车把，牛奶在晃动中外溢。

"你个瘪愣子！你干啥呢！"堂哥媳妇出门看到他，

拿着手里的干玉米就朝他打去，边打边掉玉米粒。"你个好吃等死的！怎么不去死？给你打残疾了，正好能领补助，你不瘸光装傻，没用！给我磨面去！别在这丢人现眼！"

"贴纸，弟弟，给你贴纸。"堂哥脸上都是玉米须须，把贴纸贴在静笃身上。"这是什么！"堂哥被媳妇骂咧咧地赶回家，静笃经过父亲的车时，看到后视镜上有个贴纸印儿。

金星遮月，向晚夜轻。柳静笃放慢脚步，把自行车倚在墙根，大门微闭，两侧一松一柏，因月暗并未拉出明确的树影。堂屋灰暗，偏房灯亮，风吹来，月季花摩挲着走廊的落地玻璃窗。

"噢！你怎么没声音？"父亲突然从卷帘中出现，手中的墨汁差点洒出来。

"大伯给的！"

"奶你喝吧，肉放冰箱。"柳孝原瞟了眼，就进书房了。柳静笃打开冰箱，看到几瓶鲜奶："爸，你也买奶了？"

"静笃，你来看看，我写的天下第一'福'怎么样？"静笃把奶倒进杯中，走进父亲的书房："爸，你怎么只练福字？"

"这可不是一般的福，这是康熙写的，天下第一福？你仔细看看！"

"这也不像福啊！"

"那就对了！这是'福寿'形为一体了！"柳静笃点了点头，抠掉身上粘的贴纸。"你把这个字拆开看看，'才''子''多''田'，多子、多才、多田、多福、多寿，妙不妙？有没有深意？！更妙的是，你看这'田'部都没封口，什么意思知道吗？无边之福啊！"说完，父亲两眼放光。

"这么贪婪！"柳静笃喝了两口牛奶，喝不下放在了桌边，柳孝原拿起剩余的牛奶一饮而尽。"唉，你不懂，人啊，生来就全能自恋，必须追逐全能才能身心健康，才能成为王者。"

"老爹，这是欲壑难填，别说得那么高级。"

"好，那我就给你讲讲欲望。有句话叫'形制开启质料'，拿人来说，这里的形制就是你人什么样，而这个质料就暗指你的本质，你的欲望，一个形一个神。你的欲望决定了你的模样，左右你的思想，指引你的行为。人受困于这躯体，怎么不被形体之欲所制？"

"人也是理性的动物，受制于大脑啊！"

"唉，这个我可以告诉你。当一个人满足自己的欲望时，你知道是谁在触发奖赏机制，让你觉得身心愉悦吗？就是你的大脑！"

"那按照你的意思，人不应该对抗欲望，甘做欲望之奴吗？"柳孝原继续写着毛笔字，示意进芳拿一瓶矿泉水，倒水研墨。

"人从小的时候就充满着对世界的好奇，希望用所有的感官去探索和认识这个世界，因为生命短暂，体验无限，如果你叫这种认知方式为欲望，我又能说什么？"

"您偷换概念？"

"合理的欲望有什么对错，关键是你对欲望的把控能力，并不是你欲求越多就能被满足越多，多简单的道理，你每天吃饭，吃饱了还吃，那不是惩罚吗？"

"说得没错啊，所以咱这个福是不是过于贪婪了？"

"这是欲之本性，所以你不用担心，放任欲等于自噬。"

"没错！"柳孝原还没反应过来，柳静笃喝了一口矿泉水走开了。"别走啊，我还没说完，你知不知道人生来就是被设计为生存和繁衍的？谁能表现出更多的繁殖力谁就有权力延续他的基因！如果你认为欲望有罪，那这就是原罪，但你想想，这是罪吗？"

柳孝原追着儿子讲道理，直到儿子"啪"一下关门，把他和他的真言屏蔽。过了一会，柳静笃又打开门："老爹，你跟我妈说去。"

"说球！"柳孝原欣赏徐渭的卷轴画《杂花图》，"文长不易啊！每次看这杂花图，笔笔如刀割，笔笔皆自己！戚戚然之气贯长虹啊！"

柳静笃住在整个房邸的西北角，北面高开小窗，南接自己以前的次卧，自从柳念青住校后，他较柳孝原捷足先登，占领这个房间。

"什么时候给我腾出房间？下学期申请住校得了！或者你看你姨奶奶那儿能不能住，也不能白给她打工啊。这西北上厢房是一家之主位，你小子鸠占鹊巢！"

柳静笃并未理会，进屋打了个响指，台灯"啪"一下就亮了。他掀去高倍显微镜上的防尘罩，打开旁边抽屉，从一排排动物舌纵切、腱纵切、昆虫复眼纵切及兔神经节切片中筛选出植物叶绿体的切片放到镜下，边观察边继续把它画到手边的未完稿上。当他涂上绿白相间的水彩时，一幅充满"食欲感"的抹茶、千层类的东西呈现出来，这甚至让他产生了办画展的冲动。

以前，这是一个没有姓名的房间。自从他住进来，你会看到声控的机械手臂、克莱因瓶做的水循环小喷泉、墙触式充电桩、悬浮灯泡，还有贴满墙的古星空图、细菌鞭毛马达高倍图、马里亚纳海沟地形图、埃舍尔的高维空间图、中国山水画中的分形几何图案，以及乌拉圭作家奥拉西奥·基罗加和俄国作家安东尼·巴甫洛维奇·契诃夫的海报上面，全都"写着"他的名字。

"我想去齐先生那打工，你回头帮我问问。"柳静笃把画挂在墙上，出门看了看夜空，金星离上弦月又远了些。

"你不是要去姨奶奶那吗？"

"不想去了。"

"为什么？再说，你没有社交活动吗？跟同学出去玩玩、聚聚会不挺好吗？"

"你不帮忙算了，我让我妈去问！反正我还有别的事儿正好跟她说。"说完，柳静笃在笔记本上标记了今天的星月位置图和日期。

"你小子！人家齐先生虽然是我们的租户，但是我也不能随便插手人家内部的人事安排啊！你一个毛头小子，又不懂中医，你去能干啥？再说，你不是崇尚科学思维吗？怎么又想起来掺和中医玄学了？"

"这，你就不懂了，这世界不存在玄学，只有以目前的科技和知识无法证实和证伪的科学。中医就是一种物理医学，一样是时间、速度、温度、压力。物理不存在，它只是发现并揭示了自然宇宙的规律，而中医也正是发现了人体宇宙的规律，并顺应为之，即谓道医。所以最初的中医就是来源于道人，就是那些发现人体宇宙的得道之士，是他们发现了人体的内宇宙，并……"

"等等，你这些道道儿都哪来的，听上去也分不清真假。"

"何谓真假？标准是什么？我告诉你，有效就是标准！中医，就是行之有效。我想赶紧去学习，老爹，帮我问问。我相信满山先生一定会答应。"

3

这是一条满是淤泥的河。丰富的河床厚养了多样的水生物，从菌藻、微生物、软体动物到泥螺、黑鲫、白鹭，以及上百只颈基有白色领环、头颈发绿色辉光的绿头雄鸭和头枕黑色、羽缘棕黄的雌鸭。落日余晖前，它们或拍打羽翼、潜颈入水；或低空飞行、引吭高歌。

在水差悬殊的洄流水域里，活水从高处冲击河底，泛起丰盛的水生物和藻类，而成群的绿头鸭刚好成为食物收割机。天气回暖，岸边桥上，路亚静垂，每个钓鱼人都能在这条河的回馈中，找到些许存在的价值，而每个放生者也能在这条河的包容下安放忏悔或悲悯。

不只是动植物，就是人类故事，在河边发生的次数也比其他地方更多，何况还是春天。春天之于她，有何意义呢？她只是不停地穿梭在几个"盒子"里，尽最大的努力以避免回答什么是嗷嗷待哺、父慈子孝或生死疲劳。春天之于她的意义，属实比不上老农在春分时扛起锄头、天文爱好者在二月二等待房宿抬头、连翘三月为了赶春抽出早已长成的苞叶，以及四月底北京雨燕从南非归来筑巢……

春日生发，花叶团簇，河里的黑鲫有力地洄游，时不时跳起吞食漂浮在水面的油松花粉。河两岸的榆叶梅，为了只争春宵，被基因剔叶而盛花满枝。李、梅、桃、棠、松、柳、丁，各路粉香奔放飘溢，入心入脾、疏滞清阳。

郝进芳并不着急，编织网兜里放着一把韭菜和一把老秆儿菠菜，在河边走路。树影中，有人烧纸冥思，燃起几团火苗，这种经水制浆，木浆成纸，被汞化金，遇火成灰，灰飞入土的草木纸币，道尽了五行的有无转化，带去了后人无尽的祈祝。

"今天有什么收获？又是一团烂水草？"行人停下来，跟久钓的渔人交流。

"今天刮北风，鱼少。我这可不是水草，这叫水蜘蛛！别人都进化，就它退化，你看见没？这全身上下只剩下腿了，身子也差不多透明了。就这草根似的大长腿，根本没水生物吃它，咽都咽不下去。哎！你知道吧？就这聪明劲儿，没天敌！我也不要！"说着，打鱼人把它一把薅下来，扔进了水里。

郝进芳经过时会心一笑，她想看看什么叫透明，但还是没看到，甚至都没有听到水蜘蛛被扔进河里发出的声音。"真透明！"她不由发出感叹。

"接着点，老头！"一个穿戴素整的老太正伸手够近处的香椿芽，"这是香椿还是臭椿？"老头不太情愿地等在路边，观察四周。

"一个香一个臭！我还能搞错？！吃这个好，我多摘点，你给我看着点，回头做给儿子吃，春天啊多吃这些时令，那什么葱蒜、韭菜、薤白、笋、蕨，天天给他变着吃，我就不信了，还要不上我大孙子！"老太一把一把地薅着，几棵树不一会儿就光秃了。"韭菜我还信！谁告诉你这些能补身子？！"老头提高了警觉，好像早已准备好讥讽的言辞。

"你不用不信！我请教了人的！知道和尚不吃荤吗？人家这里的荤可不是鸡鸭鱼肉，就是这些几样！人家不生养不敢吃，咱得反着来！就算作用不大，那咱强身健气，也不吃亏啊！回头，你也多吃点！"老头还没反应过来，一位身着软皮上衣，修身针织微喇裤的女人撞了一下老头，女人忙道歉："对不起哦，我没看到，太着急……"

老头不动，并未轻易做出反应，或者说，任何一个反应都会让他陷入"危险"。他反而享受那个轻微的撞击，好像回到了某种自由的时刻，或者他因被另一种"看见"而兴奋。

着急赶路的萧恬，在留下海棠般的音容和如烟似雾的形态后渐行渐远，老太却扔掉手里的椿芽，大跨步走上前骂了起来："没长眼吗？傻啦吧唧的！我看你就是故意的！"那种恶毒发自本能，一种女人对女人的揣测和防备，连冬日最坚硬的冰面都能被她刺破。

萧恬听到响声，远远地回了回头，放慢了脚步，好像要停下来。

"你干什么？至于吗？"老头轻声嘟囔了两句。

老太准备应战，马上整理了下头发和衣服，看都不看老头。只见，那个女人戴上了眼镜，远远地看着这个老太，从上到下看了一遍，笑了笑，转身接着赶路了！就在这两三秒的静止中，老太像发了疯，非要追上去打骂。

"你还拉我！你听见了吗？你听见她叫我什么吗？还装知识分子，穿得花里胡哨的，一看就知道不是什么好东西！"

　　当一个女性还小的时候，她并不知道自己是否美丽，如果她想成为公主，可能主要是她想拥有公主般的魔法。同时，孩童的赤诚让她们能感受到一个人身上的均衡和秩序所呈现出来的美感，这种美还未掺杂身体欲望，是一种浑然天成；少年时代，美的定义更加具体而多样，明媚的笑容、洁白而整齐的牙齿、通透的肤感、蓬松油亮的长发、纤细的四肢和身躯都可以在瞬间被另一个人标记为美，并使之沉醉；青年的美，多了一些力量感和个性表达，如果你有一个正向的标签，将不乏追求者；年轻时的美，会有一顶适龄的帽子，这更多的是一生殖崇拜的外在表达，却以爱的名义登堂入室；中年之后，美接近被抛弃，或在痛苦上生根发芽，越痛苦，就越能感受到来自美的威力，智与美成为良药、救命稻草、生之引擎。要知道，当成熟男性瞬间就能捕获美的信号时，他其实并不知道，那种他所谓口中美的氛围，主要是由成熟女性接近零点七的腰臀比，形状流畅的嘴唇、脸颊和饱满的胸部所构成的，而这也是能否更好地生育下一代的考查指标。同时，后代的智慧更多地来自母亲一方，又决定了此时男性对智识之美的追求。看，人之繁育本能，你又奈之几何？

漂亮女人的笑是致命的，连郝进芳都背脊发冷，她暗自庆幸，还好自己不是那个老妇人。远远地，她看到一辆黑色的车一闪而过，有种莫名的熟悉。她大概想着早点回去，告诉归来的女儿，如果不能驾驭自己的美，就不能过早展露美，会招致太多来自平庸的怨念和丑陋的围捕。

　　"同学们，现在我们看到的这个是一个重檐庑殿顶建筑①，如果你哪天去故宫，咱们故宫里最重要的几个建筑太和殿、乾清宫、坤宁宫都属于庑殿顶。当然，还有其他的屋顶类型，比如保和殿、养心殿之类属于歇山顶，对了，天安门知道吧，就是著名的歇山顶建筑。它们不是四个流畅的垂脊线，中间有坡度的断折，叫山花。我们再说回眼前的建筑，你们看到这个屋顶上面有什么？对，五脊六兽！"

_____

① 古代屋顶等级：以明清为例，古建筑屋顶主要分五种基本形式（等级从高到低）：庑殿顶、歇山顶、硬山顶、悬山顶、攒尖顶。

"这词儿怎么听着这么耳熟啊？不是五脊子六兽^①吗？闲着难受？"一个男同学说罢，引来共鸣般的笑声，念青眼神聪毅、嘴角上扬，在笔记本上勾勒着飞檐的形状。

"哎！你说的没错！就来自这！我们官方解释是这样的：五脊就是我们这个庑殿顶的大脊和四条垂脊，六兽就是垂脊上的五个蹲兽，叫什么呢？狻猊、斗牛、獬豸、凤、狎鱼，加一个鸱吻，虽各有避邪镇灾的寓意，但一个建筑的结构首先要服务于功能，所以这些每天坐脊观天享清闲的神兽其实就是几个大钉子！起固定衔接的作用，就像梁思成先生讲的那样：屋檐上的这些神兽使本来极其无趣笨拙的部分成为整个建筑物美丽的冠冕……我们再来看看这些防火山墙，它们属于硬山顶的一种……"

柳念青从一个清代建筑群里出来的时候，父亲按了一下喇叭。不时有一些穿戴显贵的人从侧门进入，听到鸣笛，站守翼门的保安欲前来警示，念青箭步上车，催

① 指山东、北京等地方言，意指"闲得难受，难受的不得了"。另见老舍先生长篇小说《四世同堂》中"瑞丰没有作过官，而想在一旦之间就十足的摆出官架子来……这使别人看不起他，也使被恭维的五脊子六兽的难过"。

促父亲快点离开。

那是相隔一月的见面，伴随而来的是许久未见的审视。就像你去接一个多年未见的故人，第一眼往往是所有信息的释放与集合，那之前为此惴惴不安也就不足为奇。

柳念青并未长高很多，依旧保持少年的清瘦，皮肤偏黄、五官舒展、头发齐颈、眼神光亮，尤其是谈到她感兴趣之事，便像点了荧光在其中。她经常只穿一套校服、吃几样菜、走同样的路、遵循几个人的教导、卡着同样的时间做同一件事，即使到了高中，她对男女的区别、学习的目的、恋爱的意义、友谊的本质、知识的优劣、人性的多样、同学关系、食物营养、运动乐趣、心理健康、语言威力等依然毫不知情，她成了一个只吸收特定内容的海绵体。她日复一日，用繁复的知识打造思想上的"皇宫"，用成绩换来屋顶上的"明珠"，却每每被一个努力生存的人随意说的几句话吹得摇摇欲坠。

"如果知识不是通往回去的路，那到底是什么？"多少年后，念青看着手里的红苹果，经常问自己这个问题，她后悔自己为什么没有早点问自己，这样她就可以早点用余生去回答。

"这是什么地方？那些人是干什么的？"柳孝原打破了念青的机紧①。

"这是我申请的一门课外选修，连续四个学期年级前十才被选上的！"说完，念青推了推鼻上的黑框眼镜。

"学的什么啊？老房子怎么能不着火？"说完，柳孝原得意地按了按喇叭，一只卧在马路边上的土狗被惊走。"这狗子，拿马路当自家炕头了！"

"对，怎么阻止老房子着火也是我们要学的内容，总之就是这五脊六兽的东西！"

"什么？五脊子六兽？哎！就应该多学学这些闲扯淡的东西！那些告诉你这些没用的人都是别有用心的人，人啊，不能从小就被人当工具培养，当枪使也比这个强！"

"你说什么呢？"

"我说，只有经常五脊子六兽，你才会发现自己真正的需求。别整天只知道上学，你知道现在是一年中最美的季节吗？"

父亲柳孝原几乎不假思索地拐进了一条经过桃花谷

---

① 机紧：一种机械紧张的状态。

的路。"绕路走吗？"念青并没有期待父亲回答这个问题，甚至有些回避这个问题被回答。当父亲说出"美"这个字的时候，她的确惊讶了一下。这个词从来不曾出现在一个被定义为劳动者或从商者的父亲的口中，在她看来，食物和金钱几乎填满了他所有生存的空间和人际关系，几乎要把子女排挤在外。他主张淡薄的亲子关系，这样他就可以降低养家对他的压迫，增加金钱为他铸造的自由。他不买保险，不投资理财、不把子女当潜力股投资培养，他的生存法则就是"好吃"和"有钱"，所以就在他说出这个虚无缥缈的"美"字的时候，念青出现了警觉。她从侧面观察着父亲，他衣着年轻考究、眼中有光、头发黝黑发亮，嗅探不到一丝年过五张儿的气息。

"这车里，不像以前那样都是胶皮味了，还有点香，怎么去的味？"在长达一分钟的沉默里，念青终于找到一根貌似靠谱的"鱼线"。

"时间长了自然就没了吧。看见了吗？远处，一片片的红色，叫什么莫奈点彩，就是山桃花，那些白的是梨花，过两天就能来这里摘桃，靠近水库那片的品种是水蜜桃，那种桃不能多买，放不住，跟草莓似的，一碰就坏。不过是真好吃。主要是，那个摘的过程，专挑最大最红的，停不下来。吃桃也就那几天，不能错过！"父亲把车窗摇开，风呼呼地吹进车里，稀释了原本的味道，花香入窍。

"风好大，本来很好的天气，真扫兴！"念青按住关窗的按钮。

"别全关！春天要多闻闻这大自然的芳香素，对你身体好，通窍。再说了，春天多风是有讲头的，很多植物能借着风吹实现更大面积的授粉播种，阳光、温度、风、雨、小蜜蜂，你看看，一切都尽在安排之中，这就是大自然意志，岂止伟大啊！你看那片儿，有人在收割旋复花，就是你们小时候经常摘的那种，像雏菊，是一种特别好的中药，我前几天还收了几袋，人跟我说泡茶喝，能祛斑美白……"

柳念青欣赏着窗外花枝的摇曳和孩子手中吹落的蒲公英，不再抵抗来自风信子的慷慨赠予，于天地间，深深呼吸。

父亲把车停在巷子口，催促念青下车。"怎么不停到家门口？"

"那树底下都是油点子，搞得车子很难清洗，回头把那两棵树砍了算了！"

母亲戴着围裙迎出来："快把书包放下，我煮了韭菜肉馅儿的饺子，还做了个鹅子菇炒山鸡。这鹅子菇是我找人专门从山里捡的，鸡也是山里养的走地鸡，肉好。"

一家人在一张长方形的桌子四角分坐，一人一盘饺子，两盘菜。"怎么没加马蹄，不脆生啊，不是有藕吗？加藕也行啊！"

"哪里有藕？昨天让你去买，你买了吗？"

"我不是让静笃去买了吗？"

"我给妈买消毒液去了，转了好几个地方，才买到，就把买藕的事情忘了。"

"那你去哪了？一周在家吃不了几次饭，问你吃什么，你还反问我，别挑三拣四了！"

柳孝原把筷子一放，刚想反驳，郝进芳转向念青："你带脏衣服回来了吗？吃完饭一会给你洗，还给你和你弟做了几双鞋垫，我跟我单位一个同事学的——十全花，漂亮、寓意也特别好，上面有蛤蟆、红樱桃、鲤鱼、笙、佛手柑、扇子、牡丹、葫芦、兔子和柿子。"

"妈，我怎么听着这是要办什么喜事的？"

"对对，她给她姑娘出嫁纳的，我先学来，以后用得上，我告诉你，这都是什么寓意，你看看这个蛤蟆搬砖，辈辈当官；笙吹桂花香，辈辈吃皇粮；红樱桃搬金砖，越活越心宽；如意配柿子，永远不离分……"

"我不需要，给我爸垫吧，姐，你吃不完分我几个。"柳静笃去接念青分来的饺子，然后端起饺子汤，"原汤化原食。"说完，柳静笃起身进了自己房间。

母亲把自己的饺子分几个给念青。"妈，我吃不了。"

"你看看你瘦的，学校吃不好？我每次给你送饭，你也吃不下，吃点这个鸡肉补补，学习不得需要体力和脑力嘛。"

"快吃点吧，你也不是不爱吃饺子，小时候是不想包，才说不爱吃，现在都包好了，你干吗不吃？快吃！"因为醋化，柳孝原吃得嘴唇发白，他并没有接儿子的话茬，把碗碟一推，起身去了客厅看新闻联播，不一会儿就坐着打起了呼噜。

念青拿一件坎肩走到门外，母亲正在戴胶皮手套，旁边放着修剪刀、毛刷、高锰酸钾溶液，还有一些保护剂。她把坎肩给母亲穿上，"你听！听到了什么？"

一阵风吹过，树枝随之摇曳，这在平时都无须定级的风力，此刻竟惹得柏树吱吱作响。

"这是什么声音？树枝要断了？"

"我也是夜深人静时才发现这声响，原来柏树上这个大枝干有了腐烂病。风一吹，这个有腐洞的枝干就吱呀地响，好像马上要断了似的。每天从这个门里进进出出，却从没在意过这两棵树。或许，他们彼此也并没有在意过彼此。"母亲说着用刀子刮除腐部，直到健康的木质层。"这样能刺激伤口愈合。"刮完后，她用毛刷在上面涂了一层高锰酸钾溶液，说："再杀菌消毒，跟人一样。最后还得涂层保护蜡，你帮我把锡纸拿过来，包上，就不怕吉丁虫、天牛那些害虫来捣乱了。树没烂到根，还能修复。"

"人也一样"念青若无其事地跟了一句，郝进芳并没有停下手里的动作，把锡纸捋得整齐。

那一夜，风也温柔，看着包裹妥帖的枝干，母亲露出了久违的笑容。

4

一场谷雨后，春天的最后一个节气也接近尾声。柳孝原和大哥在河边喝着啤酒、盯着鱼线，烟灰不断地掉到河面上，但并没有融入其中。

"哥，你说，人不痛快的时候为什么总喜欢来水边？"

"你怎么不痛快了？有车有房，妻儿和美。生意上出问题了？"

"问题没断过，从去年不赔就是赚了。"

"家里呢？没事吧。"

"我大嫂怎么样了？能下床了吗？"

"自己能勉强走路，说话不清楚。"

风把漂在水面上的柳絮吹远，槐花像一串风铃摇摆起舞。远处，小马口跳起来翻肚皮，惹得湖面流光点点。湖对岸，二月兰已经占领了整块浅滩，许多小学生置身其中写生。当然，最让人无法忽视的还是带队的老师，她一边指导学生，一边也在绘画板上勾勒描绘。

喝完最后一口啤酒，大哥收起了鱼线。"我得回去了，六点我要检查牛棚产奶情况。"

"还没钓上鱼呢！"

"没钓上吗？我怎么满满的收获感，或许是这春意，又或者是这河治愈了谁？"

"谁信你是养牛的！"

"那不是萧老师嘛，我去打个招呼！"

"谁？跟我牛场有项目合作的老师？"

人是大自然里一个开放的系统，能量流转，无非是无序追逐有序。柳孝原从静钓转为临溪路亚①，不断地纺拉鱼线，观察鱼汛，甩出一条条可控的弧线，终究还是忍不住地望向对岸、寻找她。而她，并没有回避，甚至温柔地承接，这是一个宽容度极高的接纳，瞬间抚平了柳孝原心里的一池皱水。

"能看一下你钓的鱼吗？有马口吗？"

"有！"

"能借我观察一下吗？"

"当然，随意。"萧恬开始在纸上勾勒马口的轮廓。

"原来马口鱼这么小，这嘴巴真难画，终于知道为什么它叫马口了！"

"嘴巴像马嘴！"两人异口同声，说完相视一笑。

---

① 路亚：即假饵钓鱼，是一种钓鱼方法，源自 Lure 的音译。

　　"看这个全身蓝斑，这是生殖期雄鱼，散发着婚姻色，雌鱼是那种灰黑色的，也叫桃花鱼，路亚人最喜欢钓的。"

　　"我能试试吗？"

　　柳孝原走上河岸，把鱼竿递给她，教她寻找目标水域、甩竿儿和诱导式回线："路亚跟一般的静钓不太一样，它是主动找鱼，你要把感觉放到鱼饵上，假装自己就是那条塑料小鱼，你左游右晃，走走停停，引起大鱼的注意，让它攻击你。一次攻击不成，你要有节奏地收线，假装逃跑，大鱼往往会继续追击，再咬几次基本就上钩了。总之，首先神与'饵'游，然后诱敌深入，最后大鱼上钩！"

　　"我钓上来一条！快看，它还没我手掌大，闪着荧光，你看它肚子，还在呼吸，我们把它放了吧！"说着，萧小姐就把鱼儿小心取下，扔进了河里。

　　那天红槐格外香，她一直在笑，萧恬浑身发着光，好像一条鳞鱼从水里跃起。

　　一个路过的小孩说："妈妈，快看，这些树的能量在向河里流——"

"这是红花槐，是种野槐，看看这河边都快被它占领了，一根弱枝都能开满花，好看不好吃。"

那一刻，几乎是完美的。当面对整个世界带来的未知压迫时，相遇男女是无法理解发生在对方身上致命吸引力的。他只是在本能驱使下，被动采集着让自己疗愈的元素。当一份笑容可以融化内心的冰域、一份自制的便当弥补从小被照料的缺失、一个高大宽阔的身体拥抱一个娇小瘦弱的身躯、一种运动后强烈的荷尔蒙冲击到书香门第浸润下的儒言雅行……他们几乎是抵挡不了地走向了对方。

当他们靠近或融合，他们身上会出现四季、潮汐、星移月缺、山海原漠、风驰电掣、涓流细雨……会发出接近圆形的能量环，就像树冠、深根、花绒、种子寻找的形态那样，就像真理本来长成的样子——所以，并不是萧恬本身是完美的，是她出现在他面前的那一刻，是完美的。柳孝原半圆形的光引因此开始成长。

郝进芳失落了，她发现柳孝原后脑勺那撮儿看起来很悲伤的鬈发不见了。她帮他染发的时候，会专门整理那撮儿鬈发。她追着柳孝原问个不停，甚至威胁不给他做饭，每次柳孝原背对着自己睡觉的时候，她就会盯着那撮儿头发看。看得久了就觉得那撮鬈发，好像就是一挠头留下的，没那么悲伤，甚至有些可爱。

她在其他人身上也看到过这一小撮儿，比如早上送孩子上学的父亲头上，比如在教室里坐不住到处调皮捣蛋的小孩头上。但是，它还是不见了，或许因为不合群，或许因为不合群还窃喜，总之，那个在柳孝原后脑勺、靠近脖子梗儿的那撮儿鬈发，不见了。

那晚，柳孝原睡着后，郝进芳哭了一夜。她不知道该怎么办，她只能做一些看上去很愚蠢的事情，比如照镜子。她并不能对镜子的反馈照单全收，或者说她除了对岁月对她做的照单全收外，她能改变的有限。

连续的几天沙尘暴让星夜浑浊，进入五月，百花凋尽，地上一片残红谢白，唯独玫瑰，开始步入盛期。遥想烈日下，玫瑰花甲一夏，能量俱足，不吝啬地彰显出各种花色。从没有一种花可以像玫瑰一样，如此灵活地调整着生物工程学的花瓣结构，编织光丝，让自己穿上五颜六色的外衣。

　　郝进芳看着街上的莺莺燕燕，好像明白了什么。一个年轻健康、体态匀称的女性可以用任意风格来定义自己，如果她足够白皙精致，甚至可以用旧的衣物反衬自己。具体到细节，如果你眼睛好看，可以剪齐刘海；下巴好看可以剪齐耳短发；脖颈儿好看穿露锁骨的上衣；胸臀好看，留足够长的头发到腰臀。

　　如果你看到了一个女性的美，一定是她能利用穿着、发型、体态、笑容放大了优势，并有意无意地引导你进入了她制造的幻境，捕获人心。但是，大部分女性是到了中年才懂得驾驭自己的美。或者说，她们开始因为失去而想方设法挽留，从而创造了另一种美——女人味。这样的美，只有中年后才会欣赏，好像是对最后一个生殖周期的资源抢夺，不禁感叹，基因的延续力依旧势头强劲。

　　可当郝进芳顶着一头羊毛卷、身着半透明纱裙回来的时候，连尴尬都掩饰不住她疲惫的心。

　　"好看，婶子好看！"隔壁的傻子看见了直拍手。

　　"赶紧给我回去！好看什么好看，干活的人要的是整洁得体，穿成这样，不是自己出问题就是家里出问题了！"说着把满是面粉的毛巾扔到了她男人的脸上。

那一晚，郝进芳以服饰不便的理由拒绝做饭，她洗头的时候，还没烧开水，柳孝原就出了门。深夜，柳孝原推不开卧室门，就进了另一间房。

郝进芳从没有像那天那样对睡觉失去了兴趣，她甚至不知道人为什么一定要睡觉。她记得以前，柳孝原在她怀里睡着了，还打起了呼噜。她看着他孩子样的面庞，伴随着每一个呼噜，他的小腹都会鼓起，她伸手摸了摸，热热的、胀胀的，像个吞吐神气的小发动机。

他关闭耳目，启用气吸，大脑皮层的视听神经也暂闭了思想，她耳朵贴着他的心脏，一呼一吸四下搏动，一切只是在调节、在整理。当第二天醒来，沐浴初阳，身体新一轮流注又拉开了序幕，人成了能量流转的一种介质，就像爱情帮优生暗度陈仓，优生实为能量争夺的幌子，能量争夺包含着物种相互吞噬的欲望、相互吞噬催生智慧的种子，而智慧逃不开是自然意志的奴仆一样，一切从来都不是看上去的如此。

郝进芳几天都没怎么吃饭，头脑却清醒不少，她看着窗外的几点灯光，突然觉得人是那么苍白无力，瞬间丧失了许多热情。她喝了口水，拉了拉薄被，倒头就睡了去。

第二天醒来的时候，郝进芳浑身都湿透了。她依稀记得昨晚做了一个梦，梦里她进入了一个非常奇异又熟悉的空间，她身体非常轻，随着一阵搅碎机的声音，她滑入一个黑暗的管道，在一个临近岩浆类的湖底上空突然汽化飘浮起来，穿过一层壁垒后，融入头顶上的两片白云，在白云里打了一个滚儿后就继续飘升，汇入一汩泉眼中，泉眼顶着一个斜置的肉盖，肉盖一抬，就发出五颜六色的火花。另一个她则从云端掉落下来进入两个豆釜中，一阵烘烤下，她变得更加轻快，向上进入了一个耸在空中的迷宫，她分了很多身，走向各条路，不料在左侧线路一个写着"通天"①路牌的地方被堵住了，龙潮扑面而来，吓得郝进芳鱼挺起身，脑门一阵阵跳疼。

柳孝原的房间大开，已经不见了他的踪影。郝进芳走进他的房间，烟草味已经掩盖了睡觉排出的汗味和皮肤细菌的发酵味。她看了看烟盒，里面有一支细长的女

---

① 通天：此处指通天穴，是足太阳膀胱经上常用的腧穴之一，位于前发际直上四寸，旁开一点五寸，主治头痛、眩晕、鼻部病症。

士烟，闻了闻他的衬衫和枕头，深吸了一口气，把它们扔进了垃圾桶。

她用镊子抠出烟丝，烟草的味道蔓延到空中，这让她想起母亲在年轻的时候捻烟叶、搓烟管吸烟的场景，那些场景大部分都是平淡的，直到有一次母亲吸了几口烟，开始吃起来，她就被吓到了，她把被子蒙到眼睛的位置，也没能阻止眼泪往下掉。第二天，母亲就在床上睡了一整天，那天正好是大哥哥的忌日。

郝进芳把烟卷好重新放进烟盒，然后放进自己的口袋。她看了看表、水壶、燃气灶、面条、豆料、冰箱，然后是洗手盆，顺利躲过了镜子，走进了卧室躺下，像一个埃及猫的木乃伊裹尸。她好像又进入了一个透明的玻璃球里，只是球内部长满了瞄准她的硬刺，她不敢动，怕球动刺也动。

立夏后，街上变得空旷。树叶在光的催促下，不得不一直释放掉绿的能量，虽说不像花朵通过颜色释放出大量的信息素，但也保存了实力，历久弥新。柳静笃骑着自行车载着戴墨镜的郝进芳，来到一个半对外营业的鱼塘边，蜿蜒绕进一个小径后，看到一个二层的平房。

平房白墙灰顶，旁开两扇齐肩铁门，门旁有个小铜牌，写着"满山"。

他们见到齐满山先生的时候，他正拿着红绸扇教人按照地上画的抽象的图案走舞步；另一边一群人则是在听音乐舞动，但是不能超过一个大圆圈，不知道他们鞋底有什么机关，经常重复的路线被一种红色的颜料标记了出来，旁边有人在纸上记录。

"几天没睡了？之前中过风吗？"柳静笃把母亲的墨镜摘下来，齐满山靠近看了看郝进芳的眼球，一侧出现明显通睛[①]。

"通天的路被堵了，鲤鱼在脑子里跳。"说着，郝进芳拍着脑门，显出痛苦的表情。

"就是这样，老说这个，拍脑门。"

先生一阵切脉问情后，说："通天是脑部的一个穴位，她怎么知道的？我先给她出点化痰通络药，回头你带母亲过来针灸。"说着，用毛笔在莎草纸上开方。

郝进芳的鼻子被燃烧的艾草味唤醒，走进一个房间，地上放着青瓷，墙上挂着手绘曼陀罗图案，低矮的檀木

---

① 通睛，病证名。出《世医得效方》。又名斗鸡眼、斗睛。

桌上散落着纸板纹样。她拿起桌上一个画了一半的青花开光番莲纹图样，看了许久，然后拿起笔描画起来，刚开始很顺利，郝进芳兴奋不已，她顺着图案从里到外，从一个花瓣到另一个花瓣，但当画到衬底的卷云纹时，却慌乱起来，把纹样丢到了地上。齐满山看在眼里，跟柳静笃一阵问询后，若有所思。

第二次来的时候，母亲在针灸，柳静笃就顺势参观了起来。一层有许多房间，其中，有些孩子在背汤头歌、十二经脉口诀；有些人在识学人体、天垣星宿、练习导引按跷；有些人通过乐器、功夫或古典舞步来行运身体之气；还有些女性或绘制曼陀罗、制陶绘瓷，或焚香冥思、勘育草药。

柳孝原拿着一瓶酱油回车里，电话响起来。"老板，你快来沙厂吧，陈小六带了一群人过来，说要找你！"

"他们要干嘛？！"

柳孝原转头质问小卖部的人，"找钱啊，一毛不是钱啊，谁家钱不是借来的、赚来的！天上能掉下来啊！"

小卖部的大姐瞅了他一眼，嘴里嘟囔："什么大老板，还计较这一毛两毛的！"

"他们说，让你赶紧还钱，不行就搬设备！"

"你先拖着他们！等我马上过去！"柳孝原拿着酱油和零钱往车边走，一转身被邻居傻侄子撞了个满怀，酱油掉地上，摔了个粉碎。

"二叔……嘿嘿！"傻侄子不为所动地朝他笑，"二叔你个鬼啊！你是傻吗？我看你是瞎吧！别整天在这装傻子，三十好几的人了，正事不干，装傻子！你以为装傻就能过好这辈子吗？你以为示弱就能一直被原谅吗？别人都被你蒙骗了，我可不上你的当！回头赶紧给我补一瓶！给我送家里！"说完，柳孝原使劲关车门，脸涨得通红，从后视镜看着站在原地没动的侄子越变越小。

"整天掺和别人家事，就你家那点事儿，别逼我抖出来！"柳孝原紧急摁了下喇叭，路边一群母鸡被吓得展翅奔走。

这是一条市级公路，因为跟高速路邻近，为了避税，所有的吨位运煤卡车都改道此路。长此以往，你会看到路旁的绿植、院落，甚至环卫工人都蒙上了一层灰。时间长了，沥青路出现了裂痕，不过居民并没有因此愤恨，甚至赶早等待运煤的车队，在每个坑洼的路畔，拿着簸箕和扫帚，待车颠簸出一掬掬炭堆，他们会蜂拥而上，一扫而尽。

柳孝原的车被煤车和拾遗者卡顿，催促的电话一遍遍响起。他对这个地方爱恨交织，在这条崎岖的马路上，有他曾经驾驶煤车的身影，也有他咒骂路边拾遗人的声音，当一车车的黑金顺着车队流向全国各地的电厂时，这个城镇就像一个被掏空的乳房，任凭嘘吹拉拽，仍垂头丧气。

是有那么几年，依靠煤运，他出门有保镖跟随，吃饭把钱包给柜员收存，银行放贷业务员伺机跟他偶遇，大姨都谎报病情让他探视。但一阵环保之风吹过，大地像翻了个个儿，煤运变霉运，外账难收，税务被查，投资被撤，他抵押煤厂，转行洗沙，却没躲过昔日保镖亲戚的催债。

穿过一条狭窄泥泞的乡路，柳孝原的车停在一个装修简陋的大院门口。"厂长，你终于来了！"

"他们人呢？"

"在你办公室吃西瓜呢！"

　　柳孝原不管皮鞋上的泥，跨步走进办公室。

　　"这不二舅吗？我等你半天了，要不是你这冰镇西瓜，我就进厂房了！"说着朝办公桌上吐了几口西瓜籽，连带着碎瓤。

　　"你给我下来，那是你保镖该坐的地儿吗？"说着，柳孝原把陈东的鞋从桌上推下来，拿纸擦掉桌上的浊物。

　　"别提那保镖的事儿了，我看你是自身难保！欠我老板的钱什么时候能还？"

　　"我不是你老板了？你什么时候换老板的？"

　　"你甭管，我就一个老板，就是钱！谁给钱谁就是老板！"

　　"我现在没钱！湖南那笔货款我栽了！等着法院判呢！要钱也得等那边判下来！"

　　"那得等到什么时候！我老板等不及，他给你两条路，要不这月底把钱还完，要不我们搬设备！"

　　"都不可能！"

　　"二舅，别说我没帮你，你要是不还钱，你那偷税漏税的事儿也就不光会计知道了！"

　　"你们威胁我有什么好处，我没了，你们就永远收

165

不到钱，我即使像狗一样活着，还可能有翻身的一天，凡事不能做绝！"

"你说的没错，所以咱们老板也是念旧情，给你一条翻身路。"

柳孝原用抹布擦着桌子上的泥土，不忘把刘海抚回头顶。

"在你洗沙机上装吸金器。"

"这不犯法吗？！不行！"

柳孝原被打的时候，没有一个雇员上前，也没人报警，反而通知了郝进芳。当她赶到沙厂的时候，设备已经被砸得差不多了，柳孝原在办公室内间打电话，争吵、叹气，然后他接到一个电话，声音竟温柔了起来，还开了窗，看了眼立夏的月亮。夜在他抽的香烟中弥散开来，西边的天空中，启明星亮得让人无法忽视。

郝进芳从地上捡起他的西装，拍了拍衣上的尘。这件西装是她用年终奖给他买的，那时候他喜欢天天穿，穿上后眼睛还发光，现在这件衣服放在厂里，当工作服用。回家的路上，突然起了风，郝进芳穿着那件西装，蹬着自行车，眼眶湿润。

　　实际上，那个夏夜是美的。她拿出那根女士烟，闻了闻，夹在手上，她抖了抖烟灰，把脚伸进柳孝原的皮靴中，在走廊里来回踱步，嘴里像刚才柳孝原在电话里求人一样振振有词。她用手把头发搅乱，大口吸着烟，笨重的皮靴发出咔嗒咔嗒的踱步声，无论她如何祈求或自证，对方还是挂断了电话，就像这支烟从未被点燃过。

　　她走近镜子，学着他的模样，念唱起来："我早上两根油条、一碗豆浆，有时候加个茶叶蛋，中午睡会午觉，喝点养生茶，晚上我就趁着表弟下班去送卡，因为插队，隔天会有人给我一顿揍。我有点小聪明，有点傲骨，但是少不了怯懦，不躲着点走我自找苦头。有钱别人想法儿哄你开心，想赚别人钱你就得狠得下心让人进坑，尤其是老实人、纯真的人、被情感绑架的人。不使用手段，你就被别人手段，好车、好表都少不了，装得有钱可比真有钱还要重要。领导席上我喝酒不行，大佬身边我胆识不够，壮汉堆里我拿不出手，我到现在不明白，是谁给我打了个响指，施了个幻儿，就这么肉身当车往前走！是不是爱？还是你在我心里雕的那尊神像，在那大理石美臀上，我的死已不属于我，你带在身上……"说最后这几个字的时候，烟掉在地上，郝进芳抱着自己蜷缩成一团，悲痛抽干了她身上的血，化作雨滴落在门前的玫瑰上，风雨把花带来又带走，唯独留下一身刺。

那天，晾衣绳上，西装被洗得很干净，像挂了一个捕梦网。

自从郊区勘探出一个特大金矿后，那片区域就被封锁了，探明的结论一直被捂着没有传出去，至于被谁捂着、捂到什么时候无人可知。直到柳孝原的沙厂被莫名征用，他才想明白整件事。此时的他不能随便进入厂区，连工人都被替换了一大半，门口还有私人武装把守。

因为不胜酒力，柳孝原有几天回来时都是烂醉，半夜里醒过来的时候，就对着空气乱唱，仿佛变了一个人："草籽要长，鸟要食，日月交替，脏腑轮休。不，我不喝酒，我没工夫跟你伤春悲秋，我左手劳力士，右手金囊袋，脚踩鳄鱼皮，头被万金油，业务电话接不暇，项目堆积几十层，市委领导的门槛我迈得进，商界大佬的组局我掺一脚；别靠近！我没心情跟你称兄道弟，你看得清天平朝哪倾倒吗？兄弟不保险，亲情拿来抵用，我手上的油没少向他们流，可是你看到他们脸上的表情了吗？不够！不还！天经地义！这样的沟，你要填多少？你得爱自己，往自己脸上贴金抹油，你得给自己画脸，还得善于变样式！"说着，柳孝原迷迷瞪瞪地拿起了口红和黑染发膏往自己脸上画，"哦，眼睛要弯曲，嘴巴要夸大，嘴角要上扬，额头要锃亮，头发稀疏，放弃抵抗，充满悲伤，但是要笑，笑得很大声，笑得脸发白，笑得半张脸哭半张脸笑，笑得皱纹找颧骨！"柳孝原笑得打战，口水喷溅在领口，汗和油混合脸上的颜料，说不清那是混沌还是末丑。

　　"什么？我自私？又拿这些假道义来奴役我？我要是听了你的话，我就真真儿成了你的奴隶！自私是什么？是对我自己好还是不对你好？是我敢跟你斩断关系，不再提供给你价值？你说我自私，那的确，我属实不想再为你所用了，不能为你养家糊口了，不能为你耕地犁田了，不能为你的吹捧所奴役了，不能为了填此洞挖彼洞了，我们都活在洞口边，没走多远，走得远的，也只是靠近了另一个洞。"

他点了床头的一支细烟，猛吸两口，呛得两眼泪冒金星，"没错！有的烟要抽，还得流点泪，但是你要提防这可能是陷阱，连她自己都不知道的陷阱，流点泪，笑很大声，说我爱你，还没你不行，甚至有个发光的小东西作为见证，也不能说明这是伟大的爱情。不能！绝不能！丘比特是个容易被看走眼的小妖精，他用箭刺破了你的心脏，还谎称这是真爱的象征！你信了，受伤的心就是你最终的结局，可是当你发现时，你已经迷路很久了！太久了……"说完，柳孝原又倒在床上大睡起来。

那天之后，柳孝原在床上昏迷了三天，中间还因为呼吸衰弱，吸了氧。柳静笃说，夜里看见有个萤火虫样的东西，从父亲的被窝里飞出来，消失在后窗棂子里。

从那之后，父亲在夜里看见亮的东西就去追，还总是望着天上的星辰说："该回家了。再不回去，都忘记回家的路了。"

就这样，父亲消失了。

母亲说，父亲收拾了一个简单的行囊，就上路了，说要回家，要走，还嘟囔着什么混沌死了，母亲含泪给他塞了一些钱，看着他的背影越变越小。不过，他走的时候，头发很清爽，剪成了寸头，笑得也很放松，母亲跟他握了握手。

为了让我们相信，母亲说，隔壁的傻子也看到了，那时候他刚好来还酱油。

第四章

山鬼之死

1

百年大会堂里人头攒动，由世界青年参与的"国际生存游戏开发者大会"正在举行。背板上写着"中国人生存设定的哲学依据"，柳念青作为中方代表在台上发言。

"一看这个题目，同学们可能觉得又是一个空泛而教条的话题，没有现实意义。但是，同学们，千万不要大意啊，这是个有道行的问题，顽固而关键。你们想想，所有今天人类的一切行为其实都是追索，都是为了解答头脑中的那三个问题'我是谁''我从哪里来''我要到哪里去'，而今天这道题就是对这三个问题的变相提问，所以这是一个基本问题，是值得我们去追寻答案的。"

"当然，我最好奇的还是这个定语'中国'，作为一个古老而智慧的民族，中国人到底是什么样的人？中国精神、中国人追寻的价值是什么？中国人如何在险恶的自然环境和苦难的民族环境中安身立命？我想这道题除了能让你看清和理解你自己以及周围人，也能给西方了解中国打开一个窗口。"

"正好我们班有几个交换生，不如我们先听听他们是怎么理解中国的？"柳念青把目光投向来自美国的德里克。德里克努力表达自己："谢谢你的邀请。作为西方人，我来到中国学习后，发现美国人一点也不了解中国，但中国人特别了解美国。我们不仅不了解，也不理解，甚至很多价值判断的标准都是完全不同的。比如，在西方，上帝是所有知识的终极权威，是所有人服务的对象；而在中国，父亲则是子辈的近似服务对象，知识上，圣人之言和万物之理则是终极权威。当然，这里的家庭伦理关系就来自儒家的圣人之言，而政治关系正是其一种外延。"

"能有这些洞察，美国人已经可以很好地理解中国了。"柳念青带头给德里克鼓了鼓掌。

"感谢，我认为中西在善恶观上也存在差异。西方对善恶的区别明确，处理方式也截然不同，而中国对人性的解读是宽容的，比如你在处理一个干了坏事的人之前会先感化他，充满了救赎和智慧，体现了人性的多面，也让人性之花开得更饱满，就像荣格所描绘的这个民族集体无意识开出的那朵最绚烂复杂的金花。"

"是的，德里克从西方的角度对中国思想开出的人性之花提出了见解，中国人遵从圣人之言、生命宇宙观，集合了外儒、内法、爱老庄的性格特征，同时认为人之灵是自然之灵的造化，两者是一个有机整体，不是主客体，不分内外，而是类似肝与胆、皮与毛的关系。"

"总归，就是阴与阳的终极关系，对吗？"

"你说得没错，这个关系就是构建中国世界的底层关系，而阴与阳的生命逻辑来自哪儿你知道吗？"

"愿意请教。"

"不敢当，斗胆猜测，依然来自我们的有机宇宙；来自地球逆时针自转的同时，绕着太阳公转；来自我们所处的漩涡状运行的银河系。当然，他们的显化是各种力与波作用的结果，举个例子，就像两个黑洞相互旋绕时，会产生类似水波一样的时空引力波[1]，向宇宙传达一些宇宙事件的信息，而我们很有可能就是这种信息的一部分。所以人可以理解为一种宇宙信息或能量集合体，是与整个宇宙紧密连接的，而当你发现自己像'小王子'[2]一样孤独时，你会本能地开始寻找自己的本源，开

---

[1] 引力波：在物理学中是指时空弯曲中的涟漪，通过波的形式从辐射源向外传播，这种波以引力辐射的形式传输能量。

[2] 来自著名法国儿童文学短篇童话《小王子》。

始问我们最开始的那三个问题，也正式开始寻找'回家'之路。假如你处于爱中，你会感觉到自己被重新连接上，当你与你的另一半有些亲密行为时，你甚至会感觉自己回到了源头。"

老师及时打断："虽然念青同学扯远了，但是却体现出了这道论题带来的美好思考，希望以后我们能有更多的机会来探讨这道意义深远的论题，不只是在学校，还有你们的未来人生路。"

那时的柳念青修得一身浩然正气，每天宿舍、教室、食堂、操场往来反复，好像真正的自己并不在此，而她也不知道在哪儿，只感受到一种温暖、平静和喜悦。

她没有特别要好的朋友，倒有些学搭子，基本上和她一样"无趣"，她们只是聊一些和学习相关的话题，不牵手、不运动，也没有要好的异性朋友，更没有特殊的身体接触，所以当念青在课堂上脱口而出"当你与你的另一半有亲密行为时，你甚至会感觉自己回到了源头"时，她吓了一跳。她不敢相信这是从她的嘴里说出来的，因为即使是在长到成年的岁月里，她也从来没有思考过这个问题。它从哪里来的？是谁放进了她的脑袋？不过，她又觉得这是一个神秘而吸引人的问题，因为她也感受到了来自源头的召唤，并日渐强烈。

慢慢地，她发觉不管长相如何，爱笑的女生都有男生环绕，发育良好的女孩独来独往，肤白貌美的女生早晚变得高冷。虽然是同样的教育环境，这里的同学却因为过往，千差万别。你看！那个女孩就是一个被过往困住的女生，表情和身体被一段难以抹掉的记忆塑造，课间休息中，她时常走不出教室的门槛，卡在内外之间。她白皙的皮肤，饱满的嘴唇，一袭白裙，头发乌黑顺直，只是没有太多表情，也不与人靠近，那么宁静又那么绝望，眸子收得很紧，看不清任何人。

"美而不自知也是一件危险的事情，有意识地释放美的信号虽非天然，但至少包含了控制和驾驭，也是一种自我保护。本来美人自小就会遭遇很多记恨和诅怨，如果不懂得收藏或转化，必遭人为难。"

念青很难想象，一种不被接受的身体触碰就能乱了一个人的心性，甚至主导了她的人生旋律，现在的她，依旧那么美艳，却溃不成曲。

放学的路上，她努力地想了几个笑话，说给同伴听，遇到共鸣处，就朝对方挤一下身子，她猜想还应该说点出格的事，这样她们就能耳语，还可以触碰到她的脸蛋，实在不行，挽一下胳膊总行吧，这在同伴中很正常。正当念青为她的触碰计划而努力时，一只刚劲有力的大手掐住了她的后脖颈儿。

"柳念青，我猜就是你！"

念青的脖颈儿瞬间被压得很低，承受着对方一跃而起的后劲。这个突如其来的接触让她感受到来自对方化解尴尬的努力，也让触碰掺杂了侵犯和不真诚。

他是她初中的同学，升到高中后因为班别不同而缺少了沟通。这次不期而遇，让一直对她有好感的他做出了这个不加审慎的举动。而这种试图打破边界的举动基本就注定了结局，她拒绝了他的进一步追求，在他只是轻描淡写地发出一声"好不好"的时候，那个肥皂泡泡就破了，声音清脆，且不合时宜。

那个男生再也没跟她打招呼，甚至好像整件事都没发生过一样，消失在她的世界中。念青也不以为意，谁让他先压低了她的头。当然也不是不可以，她察觉自己无法领略数学的美，就改去领略教授数学之人的魅力。

　　他是一个年轻的教师，因为近视又不戴眼镜，而鲜与人打招呼。他身材匀称、皮肤白皙、眉眼细长、嘴唇赤红，或许因为年纪相仿，又或者缺少教学经验，他上课板书工整、讲授一气呵成，又让人抓不住重点，就像你吃了一顿饭，营养全面，却没咂巴出味儿来！但在念青看来，这就像数学之于她隔着的那层纱，更显神秘。既然听不懂也讲不明白，她就把大部分的精神用在了对他假装听懂的回应上，久而久之，近乎成了一种慈善，授意他知识权威的压迫感，走向讲台、走进同学间。

　　于是，数学老师经常来到念青身边，俯身细语："还有什么不懂的吗？"每逢此时，念青都感到一种为难，她必须精确地找到那道数学题，提出让他感到既带有一丝深度思考，又不在话下的问题。在这思考的当口，就是念青最徜徉的时候，念青努力保持清醒，却换来依旧困惑的失意。终于，一次次测验的失败，让她变成了他的谜题。

　　他把她叫出教室，问她屡次失败的缘由，在相当长的一阵沉默后，他先开了口："如果下次考好，我让你当数学课代表。"念青从低头到仰视他的眸子，发现他虽然不戴眼镜，眼睛依然神炯。念青点了点头，回教室路上，她为自己的行为感到愧疚。后来的日子，她不敢轻易抬头，考试依旧不理想，数学老师也不怎么俯身问询，直到他有种被骗的懊恼涌现出来。

毕业晚会上，数学老师唱了一首《爱不爱我》，情到深处，总有很多同学在下面应和："爱！"只有念青忍着不开口……

爱是什么？这是一个令人震颤的问题，如果非要问她答案，她可能只会说出母亲对她的关怀。可是，这个回答连她自己都不满意，因为这是母亲从无数次的诉说中强加给她的答案，并在这个结论中把父亲推向了另一端。她习惯性地在对父亲的挑剔中查漏补缺，以提升个人价值；也习惯在对子女私下踩拉中巩固个人威信；还总是提起被婆婆欺负的往事，进一步把父亲的冷漠淬炼出来，试图用共情的力量让他承认对她有所亏欠。她不敢相信，所有的这些理所当然的行为，都是那个大家长制对她的潜移默化。而她更想不到的是，这些她奉为圭臬的品德让她活脱脱地成为一个父权制度的加害者。她在某些程度上承认了女性在生理机制上低男人一等，并在渴求男性之爱的路上渐行渐远。她深深地进入了角色，并为证明个人家庭政治学的精彩捆绑了以爱之名的亲情。

所以，对柳念青来说，爱是什么？不同对象之间的爱有什么不同？那些名著中深刻又壮丽的爱情到底是什么？她难以想象，好奇又向往。

2

（中年）柳念青吃着早餐，让同事把早报发给她审核。不经意看到一起蓄意谋杀案，而被害人的名字竟是她心口的那块隐痛。

她示意同事把这起谋杀案的所有资料打包发给她，在一个低像素的视频里，她第一次知道那件埋藏在记忆深处的事情的真相。

这是一段类似审讯的视频资料，一个老年女性平静地坐在审讯椅上，刚开始四处张望，口里念叨："我的拉杆购物车呢？"

一阵沉默后，她开了口："昂，我记得，那时候谁不认识他？"

"我先喝口水吧，口渴得很。"有人递给她一杯清水，她一饮而尽，拉了拉袖角遮住尽是老疤的小臂。

"那时候，我还年轻。眼神清澈，虽然听说过那款受追捧的游戏，但是没经历过，有点好奇吧。"

"我下班后每天在一个小房间里，也闷，喜欢抽点烟，这不，他也抽。那时候，他已经当了一段时间猎人了吧，自身素质好，基本上是那个片区命中率最高的猎手。从某种程度上说，他是骄傲的，必然孤独。同时，你知道的，他不单单是这些，月亮还有暗面呢！"

"我看他的背影，有时心酸，就是那种绝望，你懂吧？尤其是他捕到新猎物的时候。也不能说他没有表演，尽力了，只不过他也是个提线木偶。他身上有个怪圈，这个怪圈从小就捆上他了，到现在基本很难打破了，不信你让他去庙里，看他跪不跪。"

"说实话，他应该早点打碎的，可是，晚了，一切都太晚了。他被占据了。你看，他身上的悲剧一次次重演，即使，遇见了真爱。那可是真爱啊，他差点都笑了，对方说是真爱，还一个劲儿地往他身上加提线。他算是不敢走出那个圈儿了，也不敢不扮演，他害怕得不到真爱的眼睛，害怕再次陷入同一个深渊。他可是伪装成另一个人，才从那儿爬出来。"

"你知道他有多可怜了吧？所以也是那时候，我决定拯救他，希望他灵魂不灭。能抽支烟吗？"

一阵吞吐后，老年女性把没抽完的烟丢在地上，眼神似乎真实了一些，"……谁让他拿了我的钱，不办我的事，烤鱼白吃吗？"说完，老妇人嘴角一挑，很快又恢复了平静。

念青走出办公大楼，裹紧毛线开衫，微卷的发梢像记忆的海浪一阵阵涌上眉梢……

这是十月的风吧，她怎么会忘记？！

河边的路灯下挤满光敏的飞虫，只要往前走，就必须穿行其中。她胡乱地拍打着爬在脸上的虫，河里的水像血一样红。她到处找刚才还在口袋的那两枚硬币——

回忆里，那也是十月将至——

潘时友从烤鱼店出来，摸了摸口袋，走向一个小卖部买了一盒烟。

"找你三块。"店老板说。

潘时友接过硬币，又回扔给老板一个钢镚："再拿个打火机！"

他拆开标着黄金叶的烟盒，浏览挂在报摊上的杂志，抽出一支烟。

夏末的夜，因为早秋的肃杀让人冷静。一切边界因黑暗而消退，来自头脑的分别之剑也钝滞。在这样的夜里，你不需要来自逻辑的监察，只需要靠近光源以最神奇的速度接收命运的信息。

"老板，拿本这个杂志。差两块，明天给你可以不？"念青摸索着睡衣口袋，有些难为情，她把杂志背面指给老板，"我是这个杂志的编辑之一，你看，这是我名字，我明天一定拿钱给你。"

老板使劲儿眯眼睛，也没看清楚封底的字儿，叹一口气后说："这杂志本身也没多少钱，要不，姑娘，你问旁边这个小伙子借两块，我刚找给他。"

织女星从南天位移到头顶，木星跑到月亮西侧的延长线上。在一年入秋的黄昏时刻，总有一颗星因为许愿被点亮。

柳念青不相信许愿，就像她深信劳作的价值。当劳作结束，夜幕低垂，她看着房间里的一切。

"被自己喜欢的东西包围着，应该开心才对吧？"

她看着镜子，又回避。"不然，我就许个愿吧。既然不能实现，就一定要离谱。"她安静地想了一会儿，睡着了。

镜子慢慢黑沉，一个模糊的男人半身轮廓显现。在这个背景上，一些音符、乐器、浓密的黑发、粗壮的手指，还有一个蜷缩的小女孩的形象依次浮现，又如水波般散去。

人从不曾理解自己，从潜意识到皮肤表面。更别提，这个世界，那颗星。

"我叫潘时友，住在那边四号楼顶层，有空可以去我家听音乐。"

对方说话时，柳念青抬头看了看那颗星，它的光经过平流层的捕捉，幽暗而波动。她并不确定这是本来的剧本还是鬼扯的愿望成真，总之，这次有意识的回应，让她第一次窥探到了某种玄机的存在。

是的，当那星光穿越星空到达她眼睛的时候，它已不再是那颗星。时间^①描述着它在空间中相对运动的状态，也在他此刻简短但不简单的自我介绍中，带走了关于他全部的真实性。

那是一个超级时刻，所有过往信息和未来想象瞬间在柳念青面前爆发。她的知觉变得异常活跃，来自优势基因的筛选、人格完整的追求、美与治愈，能量的捕捉和占有……凡此种种，却被冠以爱之箭射向对方。

他们思量后的每一个动作都被有意识地回应，戴上由尊重和欣赏编织的桂冠，在神性之门前一次次轻叩。

她清楚地记得，那道星光勾勒了他的鼻梁。有些涣散的肢体动作被他郑重的言辞收治了起来，那种介于流动与规定之间的丰富性，让人好奇不已。

寅卯之际，时序之翼驱逐太平洋西岸的暗帘。当第一束光线不可抗拒地搅动蓝色之水，初晨第一人与大树环拥交替能量，白露因跃动打湿金乌的翅膀，一个响指

---

① 时间：是物质的永恒运动、变化的持续性、顺序性的表现，包含时刻和时段两个概念。另有解释称时间是观测者周围空间以某种方式运动变化给人的一种感受，故时间并不真实存在。

撬动神经元集体涌现，念青睁开了双眼。

柳念青审视镜中的自己，像初来乍到。这是一个有生机的身体，未生育和轻龄让她体态轻盈、肌肤健康，只因从未理解过身体之于她的意义，让每个部位游移在有失准确的边缘。

她褪掉衣服，像看一块璞玉，只差敲碎表层无所作为的暗淡。而这一击，一定意义非凡。她不由地兴奋起来，忍不住想象自己下一次蜕皮的情景。

念青洗了把脸，打开衣柜，这里的衣服既没有对肌肤的尊重，还彰显着一个对吸引力完全误解的人生。她从未仔细审视过身体之美，只是追赶着潮流，在身体上构建不同的几何感受，偶尔忘记自己，生出一种模糊的自由。几番努力后，她挑了一件黑色上衣，外面套一件绿底黑色几何纹的薄绸夹克。

那是酬宾路一幢二十世纪九十年代的六层板楼，爬升泛起的灰尘诉说着它的前世今生。潘时友踢掉裸穿的球鞋，鞋跟折叠且泛黄，与架子上另一双被时间搁置的掉漆马丁靴遥相呼应。一股陈旧的臭味夹杂着来自鞋带、鞋面和鞋垫的呐喊声扑面而来。她从未如此强烈地感受到，原来贫穷与污浊的界限如此模糊。

柳念青"拎着"井然有序的人生的手抖了一下，说服身体走入眼前的环境，只因淤泥不光因为肮脏开出青莲，吸引力恰恰也发生在这对立之中。相对于一摊淤泥，藕根有多千疮百孔，青莲有多独特清惹，就有多少人想收归囊中。

房间的凋敝反而凸显了它是主卧的唯一优势，而当得知他还有一个同床室友的时候，柳念青的后脖颈儿流下了冷汗。他把她安排在一个低矮的小木凳上，打开音乐列表，挑了首白条纹 ① 的歌。

这是一个极其陌生的时空，她受过教育的眼睛不允许她看向电脑之外。可是，这都是什么音乐？怎么会有人只呢喃不唱，有人歌颂污浊、辱骂自己，又怎么会有人在一片脉冲的嘈杂中兴奋，机械的弹拨里调教未来，爱欲之火上炙烤自己？

柳念青的后脖颈儿一直在流汗，很快湿了一大片。她觉得有些尴尬，转头看到潘时友拿了半盒带保鲜膜的

---

① 白条纹：即白色条纹乐队（The White Stripes），于1997年成立于美国底特律，音乐风格主要是 Grunge 和 Indie Rock。

樱桃过来。

"吃点樱桃。"

这是美产大车厘子，果色透着新鲜，只剩半盒说明刚买不久，柳念青接过来放在桌边，拿了一颗并没有吃，因为抬手的时候，她瞥见床上卷曲的被子上有团黑影在跳舞。

"你都出汗了？"

潘时友伸手去擦，柳念青吓了一跳。"这车厘子挺甜的，谁买的？"

"哦，我，我朋友。"说着，潘时友移动到了床尾，推了推被角，坐下，然后从床上拿起吉他，弹拨起来。

就像凋敝凸显了这个房间的其他优势一样，弹奏也把他虚拟的人格推向了另一个高峰。她看到那些黑影不再乱动，而像一串金刚菩提子一样顺时针旋转。

终于，柳念青的后脖颈不再流汗。她看到他低着头，手指粗糙，身体随音乐自然摆动。那晚没有月光，她却清楚地看到他泛黄的毛发、耳郭边缘的痣、游动的喉结、脱线的棉 T 恤、松弛的四肢和并不对视的眼睛。

他弹得很好，或许是一种一无所有的旷达映照出来的坦诚，抑或是困兽对新困境的一种反抗，或者直接是一场实验，关于生存触底、宇宙意志、音乐武器、月之暗面、子弹证明……

柳念青不合时宜地起身，让一场即将燃起的精神共鸣卡在了冰冷的边界线上。她觉得自己的脸有一半开始倾斜，并在音乐的催化下，颤抖。

潘时友说去送她，放下吉他后，她已经不见了影踪。他漫不经心地捡了一颗樱桃放嘴里，把剩下的又放进了冰箱里。

3

潘时友给自己起外号叫山鬼。作为存在主义 [①] 下的蛋，他身上同时秉承了局外人一贯的外冷内热，极度清醒和红毛斯特里克兰德 [②] 对心中不可方物之美的偏执追

[①] 存在主义：是一个哲学的非理性主义思潮，认为人的存在的意义是无法经由理性思考得到答案，强调个人、独立自主和主观经验。

[②] 斯特里克兰德：小说《月亮与六便士》中的主人公，文中他为了理想，放弃事业和家庭。

求。但不同的是，默尔索^①和斯特里克兰德的伟大浑然天成且不自知，而他，整日以真理和自由的名义，着力塑造自己的伟大。

有时候，他也会让人发出惊叹，全因不自觉流露出的市民性和冷僻到极点的个人艺术品位。还有一种情况，是异性时常发出的类似求爱的声波，只因他高耸的鼻梁和比例完美的身形。就像对红毛斯特里克兰德的感官描述，这位山鬼同样散发着一种原始野蛮的气质，而这点，对相当一部分纯真或诚实的女性充满吸引力。但他的冷漠只是保护色，望而生畏中流动着近似挑衅的调情。

室友白天要上班，他经常一个人在出租房。早起抽支家乡的黄金叶，然后半裸蜷坐在小方凳上，庞大的身躯有些委屈地盯着第一代苹果笔记本电脑，放一首关照内心，体己入微的英伦流行歌曲。

他着衣模仿西方独立音乐名爵，但更多的会因经济拮据，发展出一套自己的穿衣理论，比如难民风，燎原风；有时他会因不满发色去理发店，又因为无法顺利沟通换成了另一种失败的发色；有时会在已有裂痕的挂衣

———————
① 默尔索：加缪小说《局外人》的主人公。

镜前赞叹自己身体的美妙，如此美妙，他却没有爱护之举，于他，感官才是首位。

他完全服从个人生理需求，不挑剔不遮掩，所以此方面他从未困扰或担忧。而这，也让他形成一种蔑视甚至侮辱性的女性观。

我想他并不是有意制造这样的误解。如果你了解他的家庭背景就不难理解了。小学起，在学校旁边，父母开了一家成人用品店维持生计，一间暗仄的房间，被布满性用具的货柜一分为二，他们一家人则在里间睡觉。白天小山鬼去学校上学，父母在房间做生意和做爱，放学了他在门口的招牌灯箱下吃面。经过的同学，无一不对他指点。面是手擀的，他哧溜哧溜地吃，头也不抬。

吃完饭，他从抽屉里偷了三块钱就一直往东跑，那里有个他经常蹭歌的音像店，他要买他最喜欢的歌手的专辑。

他把磁带放进试听用的录音机，按下播放键，老板按下停止键：这次，你的钱又不够。小绿毛抬眼看了一下他，面带愠色，眼白多也会让人误解为翻白眼。他从裤口袋里掏出来一个性用品递给他。老板立马压住他的手，趁人不注意拿走。

小山鬼戴上耳机，按下播放键，露出笑容。这笑容只有在音乐的感召下才毫无防备地出现，充满人性的弱点。

老师批作业，发现他的作业全是张信哲的歌词。老师让他叫家长过来。回到家，父亲正在撕扯母亲的头发，母亲声嘶力竭地指责父亲好赌酗酒。父亲摔门而出，踢倒灯箱，无视躲在灯箱后面的小山鬼。他走进凌乱的安身之处，拨开到处散落的性用具，找磁带。母亲拿起鞋子，朝他打去，骂他偷钱，跟父亲一样不务正业。小山鬼还是没有找到，有点着急，最后推开哭花妆的母亲，在床上找到了自己的磁带。母亲坐在地上，骂他是个怪胎，让他跟父亲一起滚蛋。

母亲并没有去学校跟老师商量教育大计。老师决定带他去音乐室的仓库看看。在一把云杉面板、背侧玫瑰木的吉他面前，老师递给他一本陈旧的琴谱。

几个月后，他第一次在学校的文艺活动中演奏木吉他，给同学歌唱伴奏。同学很紧张，他演奏得很投入，甚至超越了歌唱，让人不得不注意这个强势的伴奏。后来他作为乐队成员演奏电吉他，再后来他当了乐队的弹唱乐手。

毕业的时候，他让父母去现场看演出，他唱得卖力，同学们对他很崇拜。父母站在群魔乱舞的人群里，无动于衷，骂了一句离开了。

高中时他就不回家了，跟很多女同学在外面同居。大学后，选了一个遥远的城市，彻底跟父母的城市告别。他一直很穷，有很多女生愿意养他，只要能被他睡到。

他很难理解正常女性的举动，比如他的一个女朋友把脚放进他们养的小鸡笼里取暖，他便破口大骂；比如他一个女朋友质问他为什么出轨，他说两个人不在同一个学校是可以共存的。女孩拍照喜欢搔首弄姿，而照片中的他眼神永远失焦。他从不给女伴买东西，白富美的女友要吃菲力牛排，发现他原来穷抠搜。

毕业后，他带走宿舍的吉他、键盘和笔记本电脑，把一屋子的风情债甩在了充满尼古丁和脚臭味的空气中。离开的时候同伴高亢地祝福他，他挤出几声类似嘿嘿的声响，露出营养不良又发黄的牙齿。

换了一座城市，在一个烤鱼店里，他投入地吃着滚烫的烤鱼，嘴上留下辣椒油的痕迹。热气弥散的对面坐着一个年纪比他大不少的女性，吃惊地看着他。女人喝了几口水："没想到你这么年轻。你是做什么工作的啊？"

他一口气喝去半瓶可乐，然后打一个满足的气嗝："你愿意养我吗？"

一年后，他又对另一个女孩说了句意思相近的话："你愿意跟我结婚吗？"

"我愿意，我愿意，赶紧起来吧。"田峤打趣式地拉起她的新郎，并在一片起哄下，吻了一下丈夫。

典礼一结束，她就让伴娘帮忙把假发片拿下来："没想到这么热，先拿下来凉快下——"

念青帮忙给她"卸妆"，假发片移除后，留下一片隐约的秃顶。

"他怎么不给你买真的珠宝配饰？这难道不是结婚吗？"

"你啊，不懂。华而不实，婚姻适配。轻轻松松，别太认真。我知道自己会干什么，所以也别要求对方为我干什么。"

"你要干什么？玩火自焚啊？"

"我能那么没有安全意识嘛，也没什么，就是铁钉而已。"

"啊？你公婆能同意？"

"能不能同意也得看他们的儿子，只要让他一直长不大就行了。回头我再养上两只猫，就够他忙活的了。"

"你爸妈怎么看？"

"他们怎么看？我爸基本断绝来往了，我妈也没资格说我，她是怎么把我养大的自己知道。她说，现在对我最大的补偿就是把自己给嫁了。对了，她特喜欢你，说你长得才像她闺女。"

城中草原，新郎骑着自行车载着穿婚纱的田峤，唱着情歌，肆意狂奔，念青在远处录像。她收到一条视频信息，是潘时友的弹唱。

"那天我没唱完，今天录了完整版送给你。"

视频里他只露出了侧颜，柔顺的碎发抚着脸，在一堆电子合成器面前拼配自己，时不时流露出去搓一顿儿的神情，那种勾兑的克制做足了前戏，也停在了前戏。

音乐过半，柳念青皱起眉头，注意到草原对面走来一只狗，她有些难为情地摘下了耳机，在狗悠然自得的步伐面前，她感到了一丝羞愧。

昏暗的小房间里，潘时友抠着脚，看一本叫《1984》①的书。他不懂为什么会有那么多的文学作品会以爱情为终极主题，比起天上的星星月亮，比起曹操、收音机头乐队，说起爱情会让他感到羞耻。在他看来，爱情就是有烤鱼吃，有爱做，有架吵。在女人看来，爱情好比他桌上铁盒里可弹天籁、图案缤纷的吉他拨片，而之于他，只是指弹的替代品，极易消耗损折，扔掉换下一个，还要咒骂这个没用。

潘时友对目前的舍友很满意，首先他是个看上去非常平凡的矮胖子，其次是个单身贫穷无聊沉迷游戏的胖子，最后两人的爱好截然相反且毫不影响。

交到这个舍友，他觉得比跟女人相处容易多了。胖子跟他聊很多，他们之间的差异甚至超越了性别。睡前两人倚在床头一起抽烟，开隐晦的玩笑。舍友睡眠很好，他还能继续弹弹琴。

---

① 《1984》（*Nineteen Eighty-Four*）是英国左翼作家乔治·奥威尔于1949年出版的长篇政治小说，书中有观点称：群众之所以享有思想自由，是因为他们根本没有思想。

一大早，点上烟，潘时友把吉他插上音响，开了电脑开始练歌。白色泛黄又磨损的T恤，随着他投入的练习，凸显出背部和胳膊的线条，很明显不够强壮，却被律动勾勒得发光。效果器出现问题，他暴躁地骂了一句。

洗澡后，穿上修身牛仔裤，波普印花皮夹克，脚蹬做旧马丁黑皮靴，在镜子前左右观察后，抽上一支烟出了门。

在一个二十世纪八十年代质感的公园门口，正好遇见柳念青。

已是夏末，女孩上身裹着运动外套，下身短裤，在疾风里低头前行。刚跑完步，身上还散发着些微暗香，会呼吸的脸蛋仿佛呷了一口酒，红得刚刚好。

一般情况下，山鬼还是很喜欢女孩穿运动衣，因为没了衣服的招引，是对身材最好的检验方式。此时女孩的美是不自知的，放松警惕的，却是最吸引人的。当然如果你没有姣好的身形，以上都作废。

山鬼厚重的皮鞋映入女孩眼帘，大汗淋漓让女孩像洗澡时毫无防备，看到人模人样的潘时有，稍显尴尬。

这是公园里一个很小的人工湖中岛，周围尽是野鸭子的草窝，还散落一些鸭蛋。女孩上半身裸露，倚靠在一棵粗壮的柳树弯枝上。不时，鸭子会跳下水去自在地游来游去。夜晚，小木船上，两人躺在里面看天，任由小舟漂荡。

　　她还记得那个吻，被一种纯情感召，又被过往的恐惧攫取，只是浅尝辄止，就足以让念青产生迷思。对她来说，生出爱很简单，只需要对的触媒。但是，就只差那么一点点，一点点，那个舌头的卷曲度和勾连的深度，足以让她对爱产生了质疑。

　　那算得上一种崭新的生活，她掩埋的情感第一次有了正面回应。她的身体变得松散，每见他一次，就有一部分黏在他身上。他用琴弦不断地穿透她，并在头顶架起了提拉线，每一句"小兔儿乖乖"都应声作数，这是一句咒语，就像"我爱你"那样管用。

　　他经常使用手势，表达独立思考，却无法消弭自己，让音乐流于讨巧。就在那个出租屋里，在女孩的星瞳里，他突然被头顶的苍穹击中，并将一句密语了悟心中，他好像看到了自己的未来，并谨慎地保守这个秘密，时不时流露出天选之子的暗喜。

　　就是这种密语，给了他绝对的自由。他不担心下一顿烤鱼，也不思考现状，因为未来已经迫不及待地在面前展开，他看到时间的红毯已经从远方伸展而来，月亮带着一个崭新的故事进入他的梦乡。那是月亮在他生命里运转的第 1008 个周期①，他被一颗大水滴捕获，撞击到水面后，伴随溅起的水花来到了一个悬空，水花塑起一个类似喇嘛塔的圆塔，把他安置在了塔刹上。月光温暖、安全，他被散播得无处不在。

　　狂喜。这让他一天可以只吃一顿饭，饿的时候就抽烟，更饿的时候就听歌，熬过去了就创作。几个循环下来，他和身体的关系发生了一些变化。这是一个中间地带，没有经世的记忆，也没有现世的思想，尤其是农历每月的第十一天，他简直像寄居在松林上的槲，食气便可度过一天。

　　他甚至发现了一天三顿的本质，无非是食物经济的渗透，进入体内后，因烹饪方式导致生物酶的破坏，让

---

① 1008 个周期：理论来自印度著名瑜伽士萨古鲁（Sadhguru）："如果你活到八十四岁又三个月，会完整经历七个太阳周期、1008 个月亮周期，那你就会断开与地球的某种连接。"

大部分营养无法吸收。虽然人体是一台食物转化的精密仪器，可以让一根香蕉或一块牛排变成身体的一部分，但是他发现，前者是更好的选择。

"你看过牛的眼睛吗？它的身体里有很多高级的记忆编码，每当钢刀上的杀气射进它的眼睛，它的身体就开始编码恐惧。当它带着这种编码进入到你的身体，连恐惧也会成为你的一部分。如果非要吃一种动物，就选择离人类演化最远的鱼吧，它的身体带着更少的防备，更多的自由……"说完，潘时友哼起了涅槃乐队的 *Something In The Way*:

> ...
>
> *I'm living off of grass*
>
> *And the dripping's from the ceiling*
>
> *It's ok to eat fish*
>
> *'Cause they don't have any feelings*
>
> *Something in the way, mmm*
>
> *Something in the way, yeah, mmm*
>
> ...

室友邓男铃被打骂并被推出了一个红色的小房间，嘴里念叨："还我手表！"眼镜歪在鼻子上。屋子里传来一阵阵骂声："拿个公交卡来消费，匪夷所思地穷，突发奇想地不要脸！老娘都被气得出口成章了！再来我打断你的腿！给我滚！连民工都不如！"

当晚，邓男铃一个人躺在大床上思考。

等第二天小潘回到家，发现房间有点异样的冷清，舍友留了一个字条：北漂不如狗，回家啥都有。再见！

双倍的房租让潘时友开始心神不安，练吉他也无法用心。除此之外，他就像《老人与海》中被老头钓住的那条大鱼一样饥饿。

他又找女孩吃了几顿饭，依然是对方买单。

他开始找工作，指导原则是早九晚五，规律稳定以保证额外的创作时间。

他在衣柜里找了很久，发现一件中间有条黑线的白衬衫，纽扣是略掉漆的金色。这已经算他最正式的服装了。对工作这个范畴的无知，让他表现得十分新人。他看了很多面试的攻略，整个过程都对自己的行为进行了矫饰，以躲过用人公司的暗查，比如他纠正了走路的姿势，小声敲门，以及把面部整理干净。唯一不变的是他的眼神，虽有鲨鱼皮相，但始终翻着死鱼眼。

或许是这家培训机构太过陈旧无聊，才录用他。第一天上班他便认真做起了自己，以至于在电梯有男同事调侃他穿得太骚。他打电话给客户，声音可以传到主管的办公间，沟通障碍让他与客户无法平等交流，更不用说博弈。过于粗暴的办公方式，少不了成为同事餐间的笑料。

三天后，潘时友跟女孩说，不干了。

他像一只拥有顽灵的家狗，要看脸色吃饭，还想着总有一天我要反咬一口。他认为眼前的苟且，只是局外的战斗，诗意的世界才是他的追求。几天下来，现实不买账，内心秩序失衡，他提议住进女孩的家里，点燃爱的战斗。

女孩并没有同意，说她有男友。

这时候距离他死亡只剩七天。

房主拿走了他墙上的两个音响。骂他把自己的房子弄成了猪圈，勒令他下个月赶紧滚蛋。从那天起，他决定跟什么东西抗争。于是在桌上放了一个红苹果，以迎接他胜利的那刻。

吸烟，写歌。饿的时候，烟草可以让他度过生理不适。

写歌，吸烟。身体很轻快，思想有些涣散，但他命令自己赶紧回来待命。

第三天的时候，他身上开始发痒，不久出现了紫色的癫痕。他并不在意，甚至都不愿去看一眼。

他接着练琴，发现灵感泉涌。在纸上写写画画，不时发出动物般的喉鸣。他知道自己会成功，音乐可以使有趣的灵魂富有。只要自己的作品完成，他一定会在墙的四面都安装立体音箱，在床上方的天花板安放电视，这样无异于躺赢。

他感觉灵感在他的后背划开了一个黑洞，里面是星石绚烂的大宇宙。他感觉皮肤上开满了紫色的花朵，随着血流漫延全身，之后化成带着红色獠牙的音符怪兽钻了出来。他感觉头发在冒烟，大脑像一根诚意满满的尼古丁，用血与火燃烧着自己的生命。

有了，有了，就是这首！这是一首可以媲美生命之光的伟大歌曲。他会生长在每个人开口说话的虚无里，会镌刻在自己死后的墓志铭上。

至此，他已经绝食第五天了。苹果已经不再隐约地流失水分，但这并不影响它的美味。山鬼想象着歌曲完成后吃到它的滋味，味蕾久旱逢雨般炸开，果汁冲撞着他的舌头，蹿进他每个细胞，或许就是这个苹果，只是换了另一种方式砸中了自己的头。只要再加强下副歌的旋律，就完美了。

第七天，山鬼战胜了这身俗胎。他听着完成的歌曲，露出古怪又满意的笑容。此刻，没有人可以和他争锋，他拿起干瘪的苹果，吃了一口，发现自己对它并没有太大胃口，只是很困，就睡着了。

后来警察告诉女孩，是他抽烟把房间点燃，大火里，电脑里那首歌，像安魂曲一样单曲循环。

中年柳念青头脑中传来爷爷儿时唱给她的歌谣："正月里，二月中，我到菜园去壅葱。菜园有个空空树，空空树，树空空，空空树里一窝蜂。蜂蜇我、我遮蜂，蜂把我蛰哩虚腾腾。"

她咽了下口水，皱了眉头，使劲推开一扇圆形窄门，进入一个空旷的院落，秋阳余晖，一棵梧桐伫立其中，周围散落些树皮，像掉落的诗篇。她拿起一截干树枝，在沙地上画下萦萦绕绕的曲线。

前面的路因为一片冰湖面宽阔，她无法停下，借助冰面前进，经过"酬宾路"的路标，她听到有人问话："你的名字是什么？你在世间的名字是什么？"在不断追问下，传来一个孩子的大哭声。

第五章

生于寅卯

　　木星低挂在东南天空，五车二^①因它的闪耀而显现。

　　以前，柳念青觉得弟弟不务正业，地球上的事不管，总是窥探其他星球。柳静笃从不解释，直到拿到时空信息研究所的录取通知，才公布了自己的雄心壮志："我们是群星所铸^②，如今只能仰望星空，我要用尽一生找到回家的路。"说完，手朝半空抓了一把，好像那揭开宇宙之谜的"幽灵粒子"^③尽在掌握之中。

　　就像一种遗传病，父亲一直朝着太阳走，他说那是"太空漫游"。柳念青觉得他们都疯了，这种疯病决不能再多一个人继承。但是，最近发生的一件事，让她不再那么确定。事情的起因，应该跟她掉进沟里有关。

　　那时，天还没黑透，实验室灯火通明，透过窗户，她远远看到一个熟悉的身影。

　　他手上拿着旋转轮毂，坐在加速转椅上测试角动量^④

---

① 五车二（御夫座α）是御夫座最亮的恒星，在北半球仅次于大角星和织女星，是北天第三亮星。视星等为0.08的黄色巨星，实际上为一颗分光双星。

② "我们为群星所铸"来源于著名天文学家、科普作家，理性思维和浪漫幻想的捍卫者卡尔·萨根。

③ 幽灵粒子：此处作中微子，是轻子的一种，是组成自然界最基本的粒子之一。其个头小、不带电，可自由穿过地球，质量非常轻，以接近光速运动，与其他物质的相互作用十分微弱，号称宇宙"隐形人""幽灵粒子"。

④ 角动量：在物理学中是与物体到原点的位移和动量相关的物理量。

转向。那种自旋和他旋的交织，让他卷入一种螺影，而从螺罅①中伸出了创世之手。

他的表情浸透着静默，一片雪花落了上去，他伸出黑色的袖角，几片雪花又落在上面，他望着窗外说：

"长这么大，你见到过，最美的一场雪吗？雪片是完整又完美的六角形，每个角都有传闻中的分支冰凌。它们静悄悄地铺在每一条枝杈上，让所有看到它们在一起的人都为之欢呼。快看，雪枝多美！它们在一起是最好的、最美的。

雪群毫无顾忌地奔向大地，砸进每一对用爱起誓的恋人心里。那夜天台上，你一直笑，我一直问你，我们能不能像这场雪一样，一起飘、一起落、一起融化？

你用手轻轻地托起雪落，一片、两片、三片，一簇簇，一团团。它们如此纯净动人、如此毫无争议。

你，还记得吗？还记得那夜，你在我心中下的那场最美的雪吗？"

远处传来雪崩的声音——

柳念青感到大地在回响，血液呈螺旋状前进，雪顶

---

① 罅：裂缝、缝隙。

在她的瞳孔里塌陷，次大陆因此而颤抖，她一跃而起，却没跨过脚下的深沟，脸朝地，坠入了惊涛骇浪里。

身体是万丈悬崖，她时常在此眺望爱之海，时而上空飞翔，时而岸边踱步，此刻她充满了坠入海中的斗志，接受礁石的捶打，粉碎并融为一体，是他们相爱的唯一路径。

那些日子里，她总是处于沉醉中，看什么东西都是螺纹状，更碰不得一点艺术。据说，那里饱含真理，加一丁点爱，就让人发狂、泪流不止。

就这样，柳念青在秋日的高阳下散步会哭、得知月亮在远离地球时会哭、在女儿睁开眼睁的早晨会哭、看到泥点从地上溅起又落回时会哭……

她的丈夫已经视若无睹，可以在她的哀号中，迈起轻快的舞步。她的女儿用手抹着她的眼泪，尝一尝，说，原来眼泪是咸的，妈妈，你是盐做的吗？

她知道这样是不体面的，于是，她经常远离人群，包括她的丈夫。

她再一次来到了那个窗前。

　　他在模拟欧拉古城①核桃砂岩形成的能量关系，还试图在一些论调中找出推翻进化论的蛛丝马迹。比如他很疑惑除了毁灭性的地质灾难造成的古生物灭绝，大部分岩层中找到的都是未能适应环境而被淘汰的动植物化石，这又怎么能作为地球进化的顶峰——人类演化的证据呢？

　　他好像发现了她的存在，朝着窗外说："什么是真？什么是假？当你用手摸过、感受过沙漠里的象山、核桃岩，博物馆里的大理石人像、物雕，你就会模糊其中的界限。他们如此之真，又如此之假，只有以假逐真、真假难辨，才会闪耀永恒之光。我闻到了永恒的气息，你呢？"

　　柳念青好像被拦腰折断，她何尝不渴望触摸永恒。我们形于地、神于天、铸于星辰，连它们都未永恒，我们又如何能？

　　还记得以前，她见过一条蛇②，尾巴着了火，但它并未顾及，而是一直在快乐地编织一日不同于一日的身体，

――――――――――
① 欧拉古城，位于沙特西北部，两千多年前纳巴泰人在巨大岩石上开凿的宫殿、墓穴和庙宇正位于此，被称为沙特的"佩特拉"。

② 此故事喻指当下即永恒。创生与毁灭同时发生于当下。

毁灭之火赶不上创生之手。慢慢地，蛇编织的手变得迟缓，身体却变得越来越大，火势也越烧越旺，最终在火势蔓延中，身体化为灰烬。那灰烬变得轻浮、分散，即使装进一个形似它身体的棺盒里，也无以为继。

终究毁灭吞噬了创生而成就了当下。那时她还小，经常闻到当下中类似永恒的令人着迷的气息——

"让我看看你吧，那一眼一定是永恒。你柔和的额头带着朝露的问候，收紧的眸子藏着音转云流。让我看看你吧，那一眼见证着一万两千年前人类文明绽放在角宿初度，让我们在这蓝色星球的最后一夜化为永恒，为恐惧披上爱的慈悲，让花开两枝倒回源头，让我看看你吧——"

柳念青赶紧躲进了树的阴影，她身披黑衣，哽咽哭泣。

路灯勾勒出她宽厚的肩膀和圆柱状的身形，柳叶胡乱地抽打她满是痘坑的额头。跛行和驼背让她在疲惫的褶皱里安然躺平，她呼吸急促，习惯了老式空调机和大功率油烟机的音噪波动，她的脚后跟经常性跳痛，每到半夜会因呼吸暂停综合征憋醒，她那双大眼睛总是释放着无处安放的惊恐，好像会随时因为关系的失衡，掉入身后那无底洞。

她就是那只行走在莫比乌斯环[①]的蚂蚁，每当兴致勃勃地抵达终点时，却因空间的扭曲再次陷入同一个旅途中，而她是全然不知扭转在何时何地丢失了初衷。

她寄希望于哈哈镜和月光灯，描眉画眼后，插镜开灯。她望着扭曲的镜子，美好的幻觉出现在其中，她搔首弄姿，起舞弄影，身后的天域开始崩塌，唯独她，浅笑百媚生。

镜子才是她的天堂，现实已不属于她，月亮已经不必与她同行，为此她不再因为月亮每年以几厘米的速度远离而伤悲，也不再欣赏秋叶渐变带来的"颜色革命"，她嘲笑男孩藏不住的少年稚钝，又警惕少女并非无知的懵懂。

她推推捏捏自己的脸和美梦，并试图把这一键发送给那个心中的永恒。

就这样，恐惧在她的描画中越来越重，并在她答应他见面后，自行了断在了路途中。

---

① 莫比乌斯环：是最具有代表性的单侧面之一，就是把一根纸条扭转180°后，两头再粘接起来做成的纸带圈。常被认为是无穷大"∞"的创意来源。

　　没有了哈哈镜和月光灯，没有了珠链罗和金玉裘，她跪地泪涌，皮肤出现裂缝，骨肉发出撕裂声，毛孔张着大口喘息，肋骨在一种由内而外的冲撞中发生弯曲，她双目失神、四肢垂沓、嘴唇翕张，一个锋利的尖翎破体而出，未萌出的部分好像生长于熔岩中。第二个羽翎也破出，由烈焰而淬，长成为无形无体的火翼。一直长到第六翼，她的脖子开始弯折塌陷，从原先的地方，一些带着黏液的土被心火烧制、耦合、旋转，直到一颗新的头成型。

　　新生的六翼有节律地扇动，伴随着寅卯之月长出了大大小小的眼睛。旧的躯体在烈焰中消弭，女神撒拉弗应爱与智慧的召唤而诞生——

　　醒来吧，爱与智慧之神，如果你没有被身边出现的神秘数字所唤醒，没有因各种巧合和应验而停顿，也没有听从星辰大海的召唤而前行，那么我剥夺你的爱，以此来摧毁你的幻境。你是爱和想象力的精灵，闪耀着智慧的光体，并对炽爱共鸣。你受夔鼓之惑困囿于蓝星，此刻太阳黑子活跃，自然之灾、冰封之季、暗夜之城即将来临，以往繁荣的将不再繁荣、颓败的将更加颓败。

冷风会收割朝阳，海底将替代陆地，人在苦寒中极速生长，并于静默中触摸永生。你来自未来，因吃了吉祥果而得此任命，人类的身体智慧俱足，但人的心灵需要转化。你来自磁偏角①为零的圣化之地，希望你找到你遗落的一体双生，连接源头，构筑三角均衡，带领人类实现意识秩序的提升，带领蓝星免于危机，再次走向繁荣。请接下我的示意。

马勒的第二交响曲《复活》响起，伴随一种深远的悲悯之音，万泉河的水在振动中离开河床、抖向半空，围绕着火蛇般的六翼光体。

人类神情端庄地穿墙而行，儿童长着翅膀演奏乐器，虚无寻找混沌，在一百零八种跌宕起伏的乐音中，化成山狸、琥珀、花魁、胡桃、浆果、流云、珍珠、峡谷、藤枝和兔茸——

大人们赤脚踩着泥巴舞动，笑声化作雨，打在从脚缝里挤出的泥胚上，一团云雾为了躲避电闪雷鸣躲进其中。不知藏了多久，在阳光的蒸化下，连枯草杆菌都纳入其中，一场来自生命最初的活性流转长鸣。

---

① 磁偏角：通俗地讲，磁偏角是指磁针静止时，所指的北方与真正北方的夹角。

柳念青不知闭了多久眼睛，醒来时她的身上落满了苦楝树叶，一阵风吹过，传来树叶划过地面的干脆声。她身上反射着秋阳的光，周围几米开外被一圈圈的绳旗隔开，不远处有人向她祈祷作揖。

她不说话，生怕打扰身边的蓝靛果努力了一个月才扎进湿泥的根系，也怕说漏嘴是谁伸进克莱因瓶[①]为发生扭转的世人调转方位。

她觉察到风在收集地面的水分，树叶变黄变干以储备更多的阳光。此时，植物早已把种子撒播，在寒风到来前，藏进土壤。

她看到自己干涸的手臂，便萃来一滴玫瑰精油，肌肤重焕生机；她看到情人伤别离，便开口吟唱，歌声和谐治愈；她把世人钓的鱼放归河中，把一只被瘟病折磨的埃及猫救回家中；她时常跑动，以此重新调整身体的振动和频率；她告诉身体的每个细胞和念头："我爱你但我不是你。"

她的身体变得丝滑，像丝绸被风抚摸、像鱼游在水

[①]　克莱因瓶的结构可表述为：一个瓶子底部有一个洞，现在延长瓶子的颈部，并且扭曲地进入瓶子内部，然后和底部的洞相连接。与我们日常喝水的瓶子不一样，它没有"边"，且表面不会终结。

中。她看每个人都是模糊而遥远，她不起念，每日沉醉，她偷穿他的衣服，但她时常被同一个方向的回响牵引，在她写《兰亭集序》时，在闯入纸莎草莲花池时，在那片金字塔前，在她问耳边的星球之子 Grogu 和 B-612 星球的小王子时，在她夜深人静听哥德堡变奏曲时——那个"他"一直都在。

她看到那枝带刺的玫瑰已掉光刺，连蜜蜂都不来问询，当她以为那个年轻的灵魂可以拯救自己时，却对已现暗淡的身躯悲伤不已。

她尝试过用假来乱真，没想到歪曲的现实才是真，假的到处可见，真的隐忍沉寂。

于是，当她下跪时，他早已下跪；当她整夜不眠时，他游走于山崖间；当她瞳孔的光不再闪烁时，他游游荡荡要给老和尚作揖；当她放任自己支离破碎时，他尝试让咏叹调进入自己。

那个他，那个另一个自己：你，你在哪里？

他隐约感到了时机，如约来到了一个海岛，它被称为蓝星的肚脐，找到了脑海中那个声音给他出的难题：

"岛的北岸有一大片莎草地，上面种着一棵孤独的松树和一棵孤独的柏树。在那里你还会看到我们用来迎接天外来客的台梯，上面刻着：我们彼此的分离是一种视觉错觉。从梯台出发走到松树下，并记下步数，到了松树向右转九十度，再走同样的步数，然后在地上做记号。现在你必须回到梯台那里，然后走到柏树下并记下步数，到了柏树那里必须向左转九十度再走同样的步数，然后再在地上做一个记号。在两个记号的中间点进行挖掘，那就是宝藏的所在之处。"

当他到达，台梯已经不在。

他意识到这是一个用虚数寻宝的游戏，于是他在地上走走画画，在两个记号的连线和与两树垂直等距的虚轴的相交点上确定了宝藏的位置。

随着不断挖掘，他掉进了无底洞，像回到了家里。

他变成母亲搅拌的那锅浓汤、父亲举手投足的精确、伯母留在病榻上最后的挣扎、表姐无意间透露的朝拜信息、爱人独自吟唱后停不下来的叹息，以及面对儿子童年消失时叮嘱的那句：慢一点，别着急。

儿子脚踩着球看着他，他说：一般人的脉搏在一次呼吸间跳四次，你切球就不能少于四次，这样才有可能快过其他人。

　　然后，他感觉被踢进球篮，来到了一个迷宫，里面全是埃舍尔^①版画里的图案：《画手》里两只手相互绘制；《爬虫》从整块能量板上爬出变成三维生命；《释放》里的飞鸟从一卷画轴里飞出；《循环》里的小人从菱形演变而来，进行了三^②个一百二十度旋转衔接后进入了万花筒——

　　他成为其中一个小人，站在一片不断放大的绿叶上，进入了宇宙，在一个标着 B-612 的星球上遇到了匹诺曹，他拉着他问："我的鼻子现在会长出来，你说会长出来吗？"

　　他来不及理睬，匹诺曹紧追不舍："你从哪里来的，能量碎片？你的同伴是怎么样的，是不是都跟你一样，是一堆几何图形？你身体是个加工厂吗？左边有片池塘，煮沸后水汽上升，两片乌云吸收水汽后降雨，让中间的太阳瞬间凉爽，右边一团雾气在下降回到池塘。你吞掉

------

① 埃舍尔：莫里茨·科内利斯·埃舍尔，荷兰版画家，因其绘画中的数学性而闻名。在他的作品中可以看到对分形、对称、密铺平面、双曲几何和多面体等数学概念的形象表达。

② 此数字出自埃舍尔的版画《循环》。

了你的星球吗？"

他睁大了眼睛，带着不曾理解的表情。匹诺曹继续说："现在你能回答我的问题了吗？我说我的鼻子现在就会长出来，你说会长出来吗？"

这些话让他眩晕，再睁开眼睛时，他来到了河边，手里的鱼竿在晃动，一条幼年马口咬钩。

"太棒了，钓到了！"一个女人出现在他身后，伸手托起那条发着青绿色银光的马口，"它漂亮极了！你看它身上的幽光，只是太小了，我们把它放了吧！"说着摘下鱼，扔进了那条冬末的小河里，"我也要试试，你教我！这个鱼线是这样回收吗？"

他按捺着错愕，手把手教她，从甩竿儿、拉绳、观察到收竿。

他不知道她从哪儿来的，但是他感觉到他们是一体的，她也来自那片能量碎片的拼图。他看不清她，只觉得身体里有块热土，在痛苦不断地浇灌下，长出了秧苗，结出了心形的果实。

他把一个苹果递给她："我家的苹果树上，有条蛇。它不欢迎我去摘苹果，据它说，我要警惕被苹果的思想占据，还会与它为敌。要知道，没有苹果之前，是它创造了我的身体。你会吃这个苹果吗？"

念青毫不犹豫，就吃了一口："苹果就是苹果，它会成为我身体的一部分，但我不信任我的记忆，何况是它的？你信任你的记忆吗？"

他知道她是谁，是一道光吧，来自太阳的居民。她拉起他的手，万分真挚地对他说："我们从不曾分离。"

小时候的他骑自行车摔进泥里，下巴磕出血，留下一道伤疤，她用手指了指自己的下巴，也有一条明显的疤痕。

他在练习小提琴，一段特别的旋律吸引她的注意，在不同的城市，她伴着同样的旋律舞蹈。

当她拨开莎草丛时，是他告诉她要离开这里。

他把一个月饼塞给女儿南星，南星把月饼掰了一块给坐在树杈上的念青。

他们躺在草丛里，一起收听关于最像外星生物的昆虫的节目，瞬间草丛里升起无数只蜻蜓"直升机"，他们落荒而逃。

在海边，他用脚钩住树杈倒立，吓坏了正坐在树下玩寻宝游戏的念青。

　　她沿着月灯投下的梅花阴影画墨梅，天空骤变，狂风卷起，一阵闪电劈开了树枝，一阵婴儿的啼哭从隔壁家传来，婴儿额头上的胎记和他的一样。

　　他在自己的书房里研究幻方、良构、犁耕体、摩尔纹、傅立叶变换和罗素悖论，也在喜欢的女生试卷上写"我喜欢你"。

　　他编写代码，发布了一款虚实交互的恋爱游戏，在测试的时候，选了"潘时友"的头像，进入游戏，背景的 *Something In The Way*（美国摇滚乐队的名曲）。

　　他抱着绿水蚺说自己是四维虫子，未来要走遍世界，变成蓝星，再未来要漫游宇宙，变成宇宙。因为她说自己曾经漫游人体，就变成了人体——

　　一个冬日温暖的午后，伴随着《拉赫玛尼诺夫第二交响曲》，他们从草地上醒来，雪珠在她的睫毛上反射着细碎的阳光，鸟群正在吃海棠树上串生的红色浆果，叽叽喳喳的叫声吸引了女孩。他把手里的苹果递给她说："在冬天，鸟儿可以永远相信红果子①。"

---

① 红果子：此处是指冬日北方植物枝头唯一幸存的、可供鸟类食用的果实，通常为红色的果实，如海棠果、平枝枸子、金银忍冬等。